独身寮のふるさとごはん
まかないさんの美味しい献立

水縞しま Shima Mizushima

アルファポリス文庫

https://www.alphapolis.co.jp/

おしながき

一　岐阜、赤かぶ漬け

早朝からの仕事に一区切りがついたところで、有村千影はふうっと肩の力を抜いた。

年代物の柱時計に目をやると、時刻はちょうど九時を指している。

背中に手を回して結び目を解き、割烹着を脱いだ。朝市は昼頃まで開催しているが、目当てのものが売り切れる前に行きたい。

千影は出かける準備を整えて、職場である社員寮『杉野館』を後にした。

杉野館は、岐阜県北部に位置する高山市、観光地でもある飛騨高山の一角にある。

この辺りは『古い町並』と呼ばれ、江戸時代の城下町の情緒が今も色濃く残っている。黒くしっかりとした造りが特徴の町屋が多く立ち並ぶエリアだ。杉野館も同じく、中二階建てで屋根の低い町家造りになっている。

出格子が連なる通りを歩くと、いつも江戸時代にタイムスリップしたかのような錯覚に陥る。

通りにある酒蔵には、スギの葉の穂先を集めて球体にした杉玉が軒下に吊るされていた。酒林とも呼ばれるそれは新酒ができたことを知らせるためのもので、杉野館の名前の由来でもあった。

三月の朝の空気は、まだ少しひんやりと冷たい。

さらに歩くと、市街地を流れる宮川が見えてきた。宮川沿いでは、毎朝のように朝市が開催されているのだ。

この宮川朝市は、日本三大朝市に数えられており、地元の農家や高山名物の民芸品『さるぼぼ』を扱う店舗、カフェなどが出店している。

ずらりとテントが並ぶ様は、いつ見ても壮観だった。

宮川朝市はいつも盛況で、地元の人たちに交じって大勢の観光客の姿も確認できる。まだ泥をつけたままの新鮮な野菜たちが所狭しと並んでいる。寒暖差が激しい飛騨高山では、旨味が濃縮された美味しい野菜がたくさん育つのだと、いつだったか馴染みの店の女性店主が教えてくれた。

喧噪の中足を進めると、馴染みの店のテントが見えた。今朝採れたばかりのみずみずしい野菜が、プラスチック製の番重にぎっしりと、けれど丁寧に並べられている。

「千影ちゃん、よう来てくれんさったなぁ」

高齢の女性店主が飛騨弁と笑顔で迎えてくれた。この店の野菜は、どれもこれも野菜本来の滋味深い味がぎゅっと詰まっている。いつの間にか常連になり、気づくと店主に顔を覚えられていた。

手書きで『春キャベツ』と書かれた札の番重には、大きな春キャベツがドンと積まれている。千影の目当てはこの春キャベツだ。番重の中から一つ掴むと、「千影ちゃんの顔の何倍もあるなぁ」と店主がにこやかに笑う。

確かに大きなキャベツだが、何倍もあるというのはさすがに言いすぎだろう。「そんなにキャベツと差がありますか？」と苦笑いしながら他の野菜を選んでいると、店主は大きく頷いた。

「小顔で若く見えるしなぁ。そういえば千影ちゃん、いくつやったかね？」

「二十五歳です」

童顔だと指摘されたことはこれまでにも何度かある。体格も小柄なので、実年齢より幼く見えるらしかった。一度も染めたことのない黒髪のせいか、初対面の際に店主から「学生さんがおつかいに来たのかと思った」と言われた。さすがにそれは、彼女流のお世辞なのだろうと思うのだけど。

「これも持っていきんさい」

帰り際、店主がおまけをつけてくれた。袋の中を見るとそれは、自家製の赤かぶ漬けだった。

「ありがとうございます」

赤かぶ漬けは飛騨高山の名産だ。朝市でも多くの店が取り扱っている。

店主にお礼を言って別れたあと、千影は朝市の通りを入ってすぐのところにある鮮魚店へ向かった。

今晩のおかずのメインになるものが手に入ればいいなと思いながら店先を覗くと、魚と目が合った。思いがけず数秒見つめ合う。よく見ると大きな鰤（ぶり）の頭が、骨付のアラと一緒にデデンと竹ざるに盛られていた。値札を確認すると、かなりのお買い得商品であることが分かる。

店員に声をかけて包んでもらい、支払いを済ませた。今日もいい買い物ができた、と心の中で一人満足する。

千影の仕事は、岐阜県高山市に本社を置く株式会社ワカミヤの社員寮、杉野館での朝夕の食事作りだ。

杉野館で生活しているのは現在十名で、希望者には昼食用の弁当も用意することになっている。ワカミヤの社屋には食堂がないため、今のところ全員が千影のこしらえた弁当を持って毎朝出勤している。

企業の人手不足は死活問題だ。ワカミヤも例外ではない。若い人材の流出を避けるために、数年前から福利厚生に力を入れるようになった。まかない付きの社員寮はその一環だった。

ファミリー向けの寮もあるのだが、杉野館は一部屋ごとの区切りが小さいため単身者用となっている。男性社員向けの単身寮で、暮らしている全員が独り身であるということから社内では独身寮と呼ばれている。

杉野館は町家造りのため、元々は襖（ふすま）で区切られた部屋があるだけだった。内部をリフォームして、今は完全に独立した部屋として使用することができる。

ちなみに千影もワカミヤの社員だ。寮の近くにあるアパートに住み、毎朝寮に出勤している。決められた予算の中で献立を考え、食材の調達をするところまで任されているのでやりがいがある。

なるべく美味しいものをたくさん食べてもらいたい。そのためには新鮮でいい食材を安く仕入れる必要がある。宮川朝市は、そんな千影にとって大切な仕入れ先の一つなのだった。

買い物を済ませた千影は、杉野館に戻った。

他の社員よりも出勤時間が早い千影には、日中に少し長めの休憩時間が与えられている。そのため千影は、日によっては一旦自宅に戻り、家事をこなしたり用事を済ませたりしている。

今日は、杉野館の玄関脇にある談話室で少し休んでから仕事を再開した。ホワイトボードにさらさらと夕餉（ゆうげ）の献立を書き込む。

◎今日の夕食
ごはん（白米）
鰤のあら煮
春キャベツの味噌汁
甘い卵焼き
赤かぶ漬け

◎ひとことメモ
ごはんと味噌汁はおかわり自由です

書き終わると、ボードを食堂の入口付近の壁に掛けた。一つに結んでいた髪を一旦解いてから、きつく結び直す。それから割烹着に両腕を通して、よし、と気合を入れる。

さっそく鰤のアラの下処理に取り掛かる。魚の頭を切断する際は、厚みのある片刃包丁がいちばん適している。いわゆる出刃包丁というやつだ。千影は鰤の頭をまな板に立てて置いた。

頭を兜割り（かぶとわ）にするのだ。

魚のぬめりで手が滑らないように布巾(ふきん)で掴んで固定してから、鰤の口を開けて包丁の先を差し込む。そのままぐっと中まで突き入れ、まな板に切っ先が到達したらそのまま包丁の柄尻を下げる。

　これが魚の頭を真っ二つにする兜割りと呼ばれるやり方――梨割(なしわり)ともいう――なのだが、いかんせん頭が大きいので一苦労だ。ぎりぎりと力を込めて包丁を下ろす。テコの原理も利用して、なんとか切断することができた。

　下顎とカマの部分をそれぞれ切り落とし、あとは食べやすい大きさに切り分けていく。包丁の刃元で叩くようにすると簡単に切り離すことができる。

　食べやすい大きさに切ったら、ボウルに入れて軽く塩を振る。ざっくりと手で混ぜてから十分ほど置いておく。十分経ったら熱湯をまわしかけ、白っぽく色が変わったら冷水をかけて粗熱を取る。

　残っているうろこや血合い、ぬめりをていねいに洗い落とす。これは『霜降(しもふ)り』と呼ばれる臭みを取るための下処理方法だ。するかしないかで味に大きな違いが出る。

　綺麗になった鰤のアラを鍋に敷いて、昆布だし、みりん、醤油、日本酒、砂糖、生姜(しょうが)を加える。落し蓋をして、噴きこぼれない程度の火加減でコトコト煮る。ときどきアクを取り除きながら、様子を確認する。味をしっかりとしみこませるには、一旦冷ますのがポイントだ。

食べるときに温め直すのだが、小さめの火で煮汁をしっかりとまわしかけながら温めると、こってりと味のしみた美味しい鰤のあら煮が出来上がる。

次は甘い卵焼きを作る。杉野館には甘い派としょっぱい派がいるので、平等に交互にこしらえることになっている。今日は甘い日だ。

ボウルに卵を割り、しっかりと溶く。卵白が固まっている部分は菜箸ですくうようにして切っておく。ふわりとした食感に仕上げたいので、ザルでこすひと手間をかける。

砂糖、みりん、だしの素、水とマヨネーズを加えて卵液を完成させる。卵焼き器を火にかけて熱し、サラダ油をよく馴染ませる。菜箸の先に少量の卵液を付けて、卵焼き器に垂らす。ジュっと音を立てれば適温だ。

卵液を流し入れ全体に広げる。ぷくりと気泡がふくらんできたら、菜箸で突いて潰す。卵が焼けてきたら、菜箸を使って奥から手前にくるりと巻く。

この時点ではまだ形が綺麗でなくても問題ない。巻いたら卵焼きを奥に移動させて、手前にサラダ油をひく。卵液を流し入れ、卵焼きの下にも流し込む。少し固まってきたら巻き始め、これを何度か繰り返す。

綺麗な焼き色になるまで満遍なく焼いたら、ほっこりとした懐かしい美味しさの甘い卵焼きの出来上がりだ。

それから、朝市で手に入れた春キャベツを使って味噌汁をこしらえる。まだ旬になったばかりの春キャベツ。旬が終わる五月頃までは、春キャベツのお世話になるだろう。食材は旬のものがいちばん美味しいと思う。春キャベツは、ほんのりと甘くて優しい味がする。

みずみずしい葉をちぎり、一枚ずつていねいに水で洗う。ひと口大に切って、雪平鍋を火にかける。水と出汁を入れて、煮立ったら春キャベツを入れる。さっと煮てから味噌を溶き入れ、ひと煮立ちさせたら完了だ。

あとは土鍋でごはんを炊いたら、夕食の準備がすべて整う。

こつを掴めば、意外と簡単に土鍋でごはんを炊くことができる。ふっくらとしたもちもちのごはんは、それだけでも立派なごちそうになる。

まずはカップとすりきりできちんと計量する。それから米をとぐ。最初に注ぐ水は米が水分を吸いやすいので、ミネラルウォーターなどの良質な水を使うといい。

水が半透明になったら、ざるにあげて水気を切る。土鍋の中にといだ米を入れて、水――ここでも良質なものを使う――を注ぐ。平らにならして三十分ほど浸水させたら、いよいよ炊飯である。

土鍋をコンロにのせて、強めの中火にかける。強火で一気に炊くより、少し時間をかけて沸騰させたほうがふっくらと炊きあがる。沸騰したら弱火にして十分ほど加熱する。

土鍋の中から、ふつふつと音がする。この音が聞こえなくなれば、炊きあがりは近い。火を消して蓋を開けずに十分ほど蒸らす。

この蒸らす時間も大事な工程になる。鍋の種類や厚みによっても仕上がりに多少差が出る。何度か炊くうちに、ちょうどいい加減が見つけられる。

炊飯器よりは手間がかかる作業だが、ふっくらとしたつやつやのごはんを見ていると、やはり土鍋がいちばんだと千影は思う。土鍋を開けた瞬間の香りが、なんとも食欲をそそる。

味見をするために茶碗によそい、炊き立てのごはんを頬張る。

「ん〜〜、うまっ！」

じん、と体にしみわたる美味しさだ。土鍋で炊いた熱々のごはん。とびきりのごちそうを味わっていると、玄関のほうから声がした。

柱時計を見ると、夕方の六時半を少し回ったところだった。寮で暮らす社員たちが、そろそろ帰ってくる時刻だ。

古い廊下を歩くギシギシという音が近づいてくる。

「今日も頑張って働いた〜〜！　マジで疲れた〜〜！　お腹ぺこぺこだし死ぬよホントに！」

一番乗りで帰宅してきた朝比奈陽太が、腹をさすりながら食堂入口のホワイトボードを覗き込んでいる。

労働に疲弊し死に瀕していると主張する割に、彼からくたびれた気配は微塵も感じない。今朝、元気に出勤していったのと同じテンションで帰宅したように見える。

「あ、やった！　今日は甘い卵焼きの日じゃん。これはご飯軽く三杯はいけそう！」

陽太はよく食べる。若さゆえだろう。どれだけ食べても太る気配はない。入社一年目の二十三歳。いつも元気で食欲旺盛だった。ちなみに彼が杉野館の『卵焼き甘い派』だ。

「おかえりなさい」

台所の奥から陽太に声をかけると、彼は「千影さん、ただいま！」と満面の笑みを見せた。

「ところでさ、このあら煮ってなんの魚？　えっと、魚へんに……師匠の師？　って、なんて読むの？」

ホワイトボードを指さしながら陽太が言う。

「ばか、ブリだよ」

千影が答えるより先に、貫井壮介の声が聞こえた。ネクタイを緩めながら食堂に入ってくる。

「ばかとか言わないでくださいよ。あ、もしかして卵焼きが甘い日だから機嫌悪いんですか?」

陽汰が勝ち誇った顔で貫井を見る。貫井は『しょっぱい派』だ。

「ばか。そんなことで機嫌が左右されてたまるか。子どもじゃないんだぞ」

眼鏡の奥の切れ長の目を細めながら、入社八年目の貫井がため息を吐く。若干(じゃっかん)のくたびれ感が漂うのは、最近彼が昇進したせいだろう。気苦労が多いらしい。

「何回もばかって言うほうが子どもだと思いまーーす!」

陽汰が軽口を叩きながら、自分の茶碗に土鍋から白米をよそう。白米とみそ汁は自分でよそうのが杉野館のルールだ。千影は鰤のあら煮と卵焼き、それから赤かぶ漬けを皿に盛ってトレーにのせ、配膳台の上に置いた。

「照りっ照りだな! うまそ〜〜!」

陽汰が鰤のあら煮を見て目を輝かせる。「いただきま〜〜す!」と手を合わせてから、がつがつと旺盛な食べっぷりを見せた。

「あら煮がほろほろでうまい〜〜! 濃いめの味だからご飯が進みすぎてやばい」

白米とあら煮を交互に口に放り込みながら陽汰が、さっそくおかわりの気配を見せる。ご飯はいつも多めに炊いているので問題はない。二杯目のご飯に突入してから卵焼きに箸をつけ、「ん〜〜」と唸る。

「甘さがしみるなぁ」

もぐもぐと咀嚼しながら、陽汰が幸せそうな顔をする。

「うまいのは分かるけど、白飯と合わないだろ」

向かいに座った貫井が口を挟んだ。

「合いますよ」

むっとした顔をしながら陽汰が言い返す。

「子ども舌だな」

「俺が子ども舌なら貫井さんは年寄り舌ですね」

「失礼だな。俺はまだ三十だぞ」

「さんじゅういち、でしょ。厳密に言えば」

陽汰はちらりと向かいの貫井を見ながら、ズズ、と春キャベツの味噌汁をすする。

口喧嘩のような応酬はいつものことだ。仲が悪そうに見える二人だが決してそうではない。食堂にはゆったりとしたスペースがある。にもかかわらず、向かいに座って食事をしているのがその証拠だった。

彼らのやり取りを耳にしながら作業台を拭き清めていると、玄関のほうから「ただいま」と柔らかい声がした。

入社五年目になる、結野充久だった。

「いい匂いだね」

線の細い結野が、スーツの上着を脱ぎながら配膳台を覗き込む。

「ホワイトボードに今日は『あら煮』って書いてあったけど、タイミングがよくてびっくりしたよ」

おっとりした口調で結野が笑う。

「タイミングって、なにがですか」

千影が問うと、結野が配膳台に酒瓶を置いた。貼られているラベルは、飛騨高山で有名な酒蔵のものだ。

「酒の肴にぴったりでしょ」

結野が土鍋からご飯をよそいながら笑う。

「え、新酒？　買ってきてくれたんですか？　今日が金曜日でよかったぁ。マジで結野さん最高だな～～！」

陽汰が嬉しそうに純米大吟醸を手にする。

「子ども舌で新酒も何もないだろう」

そうは言いつつ、自分より先に陽汰のぐい呑みに新酒を注いでやっている。

「いただきます！」

陽汰が一気にあおった。

「うぅ、にがい。日本酒の味だ」

　顔を顰める陽汰に、なんだその感想、と貫井と結野が笑う。

「通りの酒林を見たら、あ、もうこの時期なんだな、新酒を飲まないとって思ったんです。なんか、こういうのって、すごく飛騨高山の人間っぽくないですか？」

　涼やかな硝子製のお猪口に新酒を注ぎ、ゆっくりと味わいながら結野が笑う。彼の地元は遠方だと聞いたことがある。

「まぁ、それは確かに」

　貫井があら煮に箸をつけながら頷く。

「酒林ってなんですか？」

　すでに赤い顔をした陽汰が二人に訊ねる。その瞬間、貫井と結野が「え」と言って互いの顔を見る。

「……お前、本物のばかだったのか。近所の酒蔵に吊り下がってる丸い物体があるだろう」

　貫井が、ちょっと呆れたように言う。

「丸っこいやつがぶら下がってるのは見たことありますよ。酒林っていう名前を知らなかっただけです！」

　むっとした顔の陽汰が、陶磁器のぐい呑みを勢いよくテーブルに置く。

「地元から近いくせに、それくらいの認識しかないのか」

「遠いですよ。俺の実家、名古屋だし」

「いや、近いだろ。俺の富山に比べれば。同じ東海圏じゃないか。そもそも杉野館の『杉』って酒林からきてるからな」

「そうなんですか？　ぜんぜん知らなかった～～！　杉がいっぱい集まって酒林の『林』になる感じ？　それで最後は森になる？」

けらけらと楽しそうに陽汰が笑う。

「……ならない。杉で作るんだよ。酒林は杉玉とも言うんだ。というか、もう酔ったのか？」

腕組みした貫井が、陽汰の顔を覗き込む。

その横から、結野が「じゃあさ」と陽汰に声をかけた。

「その酒林の色に、意味があるの知ってる？」

「色ですか？　うーーん、そういえばあの玉の色って、茶色か緑だったような……」

「うん、ちなみに今は緑色だね。お米の収穫が終わると酒造りのシーズンが始まって、十二月頃には出来立ての新酒が出回り始めるんだけど、その新酒の完成を知らせる役割になってるのが緑色の杉玉なんだよ。杉の葉っぱを隙間なく詰めて、丸く刈り込んで作るらしいんだけど。最初の日本酒が完成すると杉玉を新調するみたい」

「へぇ、あれって毎年付け替えられてるんですね！」

「大きいものになると大変な作業みたいだよ。百キロを超える杉玉もあるらしいから」

「でけぇ～～！」

すっかり酔いが回ったらしい陽太が、楽しそうに手を叩いている。

「冬に緑色だった杉玉は、秋になる頃には枯れて茶色になるんだけどね。色の変化は日本酒の熟成具合と関係していて、茶色だと『ひやおろし』の季節ってことなんだって」

　ひやおろしは、春に搾った酒を秋まで貯蔵してから出荷する酒のことだ。『秋あがり』とも呼ばれる。

「色で知らせるとかマジ風情（ふぜい）～～！」

　真っ赤な顔になった陽太を見て、限界だと察したのだろう。貫井が肩を貸して立ち上がらせ、ずるずると引きずるようにして部屋に連れていく。

「じゃあ、結野さんと千影さん、おやすみなさい～～！」

　貫井に寄り掛かり、ぐにゃりと体の傾（かし）いだ陽太が楽しそうに手を振っている。

「それにしても、あら煮と合うね。最高の酒の肴だもん。あ、千影ちゃんも一杯やらない？」

結野が新酒をすすめてくる。

「いえ、私は結構です」

酒は嫌いではない。というか、どちらかといえばいける口だが、まだ仕事中だ。勤務中に飲酒するわけにはいかない。純米大吟醸の誘惑を断ち切るようにして、包丁や布巾等の道具類をていねいに仕舞う。

結野の『最高の酒の肴』という言葉を頭の中で繰り返して、にんまりとする。仕事を褒められたようで心が躍る。ご飯のおかずとしてあら煮をこしらえたが、思いがけず酒の肴としても味わってもらえて嬉しい。

下処理をしっかりしたことで皮ごと食べることができるし、こってりと上手に味付けができたと自分でも思う。何より、安く買えたので普通の切り身より量も多い。今日は上手に買い物ができた。

自分の仕事ぶりを密かに自画自賛していると、結野が作業場にいる千影を覗き込んでくる。

酔っているのだろう。普段はかなり落ち着いた人物だ。こんな風に配膳台に肘をついたり身を乗り出したりするようなマネはしない。

「そんなこと言わずに、一杯くらい平気でしょ？　新酒だよ。純米大吟醸だよ。って、あれ、もしかしてこれって強要してる？　パワハラになる？」

結野が自問自答していると、貫井が食堂に戻ってきた。

「アルハラだろ」

貫井に指摘されて、結野は「あ、それはダメですね」と言いながら手にしていた酒を引っ込めた。

「……後片付けも終わったので、退勤します。ですので、一杯だけいただきます」

生真面目(きまじめ)かつ面白みに欠ける物言いをする千影に、結野が戸棚からぐい呑みを取って手渡してくれる。両手で受け取って、そのままトプトプと酒を注いでもらった。

酒は強いほうだ。なかなか酔わない。それを知って、結野がすすめているのも分かっているので有り難くいただく。

ぐい呑みを鼻先に持ってくると、ふわりと酒のいい香りがした。くいっと口に含むと、まろやかな舌触りに感動する。

「美味しい……」

思わずつぶやくと、「でしょう」と結野がにこにこした顔で二杯目をついでくる。

「ありがとうございます。じゃあ、もう一杯だけいただきます」

誘惑に勝てず、結局「もう一杯だけ」を三度ほど繰り返してしまった。

あら煮を食べ尽くし、他に酒の肴はないかな……と考えたところで、赤かぶ漬けが残っていることを思い出した。

千影も杉野館で食事をしている。といっても皆と一緒に食べることはほとんどなく、バックヤードで手早く済ませるか、味見をしているうちに食べた気になっているかのどちらかだった。

ころんとした赤かぶ漬けに包丁がすっと通り、まな板が小気味よい音を立てた。わずかにぼんやりとした頭で、あ、また包丁とまな板を洗わなければ、と思う。

赤かぶ漬けに箸を伸ばす貫井に、ほとんどテーブルに突っ伏した状態の結野が「飽きないですか？」と言った。

「さんざん職場で見てるのに」

「食ってるわけじゃないからいける」

そう言って、千影が朝市でおまけしてもらった赤かぶ漬けを貫井は口に運ぶ。

飛騨高山の郷土料理、赤かぶ漬け。

毎日、嫌というほど彼らはそれを目にしている。赤かぶ漬けに限らず、白菜漬け、きゅうりのぬか漬け、なす漬け、かぶの麹漬け、大根のゆず風味漬け。映え要素満点の瓶詰になったカラフルな酢漬け（ピクルス）もある。

株式会社ワカミヤは、老舗（しにせ）の漬物屋なのだ。

ふらつく足取りで、なんとか結野は自力で部屋に戻っていった。貫井は顔に出ない性質（たち）らしい。いつものように生白い顔のまま「ごちそうさま」と言って、食堂を後にした。

火の元と作業場にある勝手口の戸締り(とじま)を確認して、千影も帰宅する準備を整える。

アパートへの帰り道、歩きながら「今日も充実した一日だった」と晴れやかな気持ちになった。

少し前までは、反省したり落ち込んだりすることのほうが多かった。寮に住む社員たちとうまくコミュニケーションを取ることができなかったのだ。

◆

千影がワカミヤに入社したのは、今から半年前。

去年の晩夏だった。

それまで勤めていた創作料理店が閉店することになり、すぐさま転職活動を開始した。そして、真っ先に目に留まったのが社員寮のまかない係の求人だった。

食材の買い付けから調理まで一人で担当すると知ってやりがいを感じた。同時に、まかない係は自分一人だけという点にも安心感を抱く。他人と関わることが苦手な自分には合っていると思った。

面接では「住人である社員と関わることはほとんどありません」と説明された。

「配膳の際に顔を合わせる程度だと聞いています」とも言われたが、実際に働いてみると「それなりに関わりがあるな」というのが正直な感想だった。

当然といえば当然だった。アレルギーの有無を把握したり、それぞれの好みを聞いたり、残業する際に連絡を受けたり。住人たちと関わる機会は多々あった。

あれは、杉野館で働き始めて一週間が経った頃。

千影は意を決して、寮で暮らす社員たちに好き嫌いを聞いてみた。全員の好み通りに作ることはできないけれど、なるべく希望に沿いたい。

「気を遣わなくていいですよ」

「俺たちは、基本的になんでも食べれるんで」

そう返された。社員たちは皆、いい人だ。千影のことを考えて、そう言ってくれたのだと思う。

「お、教えていただいたほうが、助かるんですが……！」

それなのに、ブスッとした顔で言ってしまった。低い声だったから驚かれたかもしれない。

人前でしゃべるのは苦手だ。ひどく緊張する。声が震えないよう、力を込めたらやたら声が低音になった。怖い顔になっているのも、そのせいだ。

けれど、そんな千影の事情は社員たちは知らない。そもそも関係ないことだ。

家に帰ってから、泣きたくなるくらいに後悔した。

……イヤな奴が、まかない係として来たと思われたかも。

皆に安心して美味しいものを食べてもらいたい、という気持ちからだったが、それをうまく伝えられなかった。

布団の中に潜り込んで、体をぎゅっと丸めた。自己嫌悪に陥る。こういうときは、イヤな記憶が鈴なりになってよみがえってくる。

たとえば、初日の挨拶で思いっきり噛んでしまったこととか。軽く自己紹介するだけでも、途中で息切れしてしまったり、そのことが恥ずかしくてひどく赤面したり。社員たちは大人の対応をしてくれたけれど、余計に自分の情けなさを感じた。落ち込みながら、トボトボと自宅に戻ったことを思い出す。

創作料理店で働いていたときもそうだった。料理をすることが好きで、作ったものを褒められることはあったが、接客はいつまで経っても不得手なままだった。

千影は幼少期、親戚の家を転々とする生活を送っていた。

両親が離婚し、幼い千影を押しつけ合った結果だった。物心ついた頃から、自分はよそ者だという感覚があった。家族団欒をしていても、この中で自分だけが『違う』のだと知っていた。

虐げられたり、いじわるをされたり、そういうことがあったわけではない。優しくしてくれた。面倒を見てくれた。どの家に行っても、いいお母さんと、いいお父さんがいた。でもそれは『誰か』のお母さんとお父さんで、自分の本当の家族ではない。

　この家族の中で、自分はどんな顔をすればいいのか分からなかった。どんな顔でその中にいればいいのか分からなかった。なるべく手のかからない子でいたかった。優しくされるたびに、申し訳なさを感じた。自分にはないものを持っている他の子どもが羨ましかった。当たり前の顔をして、その家族の中にいられる子どもになりたかった。

　優しい家族に、誕生日を祝ってもらったことがある。

　用意されたホールケーキを見て、嬉しく思うと同時に胸がチクリと痛んだ。『お母さん』と『お父さん』が買ってくれたケーキは、先月誕生日を迎えた『本当の子』のものより小さいことに、千影は気づいてしまった。

　当たり前だ。自分はよそ者なのだ。同じものを要求するなんておこがましい。せっかく準備してもらったのだから、嬉しい顔をするべきだ。少しでも可愛げのある子だと思われたい。本当に嬉しいと思っている。

　でも、嬉しい顔って、どんな顔だろう。

　考えれば考えるほど、どんな顔をすればいいのか、いま自分がどんな顔をしているのか、分からなくなってしまうのだ。

反応に困った末、無表情のまま固まった千影に、「お母さん」と「お父さん」も困惑した様子を見せた。あの時の二人の顔は、今でも脳裏に焼きついている。

以来千影は、ますます人との関わり方が分からなくなった。

最後は、伯母（おば）の家で暮らした。

母に年の離れた姉がいることを千影は知らなかった。長年疎遠だったことを、後になってから聞かされた。

伯母は一人暮らしで、大阪（おおさか）で小さなお好み焼き屋を営（いとな）んでいた。高校を卒業するまでの十年近くを伯母のもとで過ごした。そして創作料理店に就職が決まり、千影は飛騨高山にやってきたのだった。

次の日、出勤する千影の足取りは重かった。

『お、教えていただいたほうが、助かるんですが……！』

昨日の自分の声が、何度も頭の中でリピートされる。

重苦しい気持ちで朝食をこしらえていると、背後から陽汰に声をかけられた。

「有村さんっていう呼び方、なんか他人行儀だよね」

まだ早朝なのに、いかにも元気いっぱい！　という感じで、配膳台から身を乗り出して作業場を覗き込んでくる。

「そ、そうですか……？」

急に話しかけられて、ビクリと肩が震える。

そして、他人行儀の意味がよく分からない千影だった。

「ど、同僚を名字で呼ぶことは、普通のことだと思いますが……？」

そう返しながら、『さん』付けしてもらえることは上等だとも思う千影だった。料理の世界は縦社会だ。弟子入りすれば師匠の言うことは絶対だし、修行期間中は一人前として扱ってもらえない。

千影が勤めていた創作料理の店は比較的おおらかな空気感だったが、それでも体育会系的な雰囲気は漂っていた。

特に店が忙しいとき、先輩社員に「有村」と呼び捨てにされることがあったし、「早く料理を運べ」と命令口調で指示されることもあった。そのことに対して、特に不満に感じることはなかった。

他人行儀の意味はよく分からないが、思いを巡らせていると、もしかしたら、と気づいたことがあった。

「……ひょっとして、アットホームとかいうやつですか？」

株式会社ワカミヤは、超絶アットホームな会社なのかもしれない。店ごとにカラーがあるように、会社にもさまざまな社風があるのだろう。

「社員同士は、名字ではなく名前で呼び合う決まりでもあるんですか？」

もしそうなら、従うしかない。

「そうなんだよ～！」

満面の笑みで陽汰が頷いた。その陽汰の後頭部を、眠そうな顔をした貫井がぺしりと叩く。

「嘘を教えるなよ。そんなおかしなルールはうちの会社にはない」

「叩かないでくださいよ！ちょっとした冗談じゃないですか」

後頭部をさすりながら陽汰が貫井に文句を言う。

なんだ、冗談だったのか。いきなり下の名前で呼ぶのはハードルが高いなと密かに思っていたのでよかった。ほっとしていると、身なりを整えた結野が食堂にやってきた。

「俺は、濃いめの味が好きだな」

「え？」

「薄味よりも濃いほうが好き。貫井さんと陽汰もそうじゃない？」

「そうだな」

「うんうん」

結野の問いかけに、二人が頷く。

「優しい味もいいんだけど、ジャンクな感じでも全然ＯＫだから。ていうか、そっちのほうが皆も好きだと思う」

昨日、味の好みはあるかと千影は訊ねた。その答えだった。

「わ、わかりました……」

頷きながら、ぎこちなく笑ってみせる。

「昨日は気を遣ったつもりだったんだけど。よく考えてみたら、最初にはっきり言ってるほうが作る側としては楽なのかなって思ったんだよね」

「ありがとうございます」

やはり気を遣ってくれていたことが分かって恐縮する。視線をあちこちに彷徨（さまよ）わせながら、千影は頭を下げた。

「前はね、板前をやってた人がまかない係の仕事をしてくれてたんだけど」

結野が若干、言いにくそうに言葉を続ける。

「なんていうか、昔堅気の職人って感じの人で。いい人だったんだけど、味が優しすぎるというか……」

その昔堅気の職人然とした先代のまかない係は、長年勤めた和食店を定年退職した後、杉野館での仕事に就いたのだという。

「関東に住む息子さんと同居する話が持ち上がって、退職することになったんだけどね。まぁ、なんといっても昔堅気だから。職人さんに味がどうのこうの言ったりとかは難しいじゃない？　失礼だと思ったし。おまかせでお願いします、って感じだったんだよ」

「そうだったんですか」

　おそらく、繊細で上品な味だったのだろう。杉野館で暮らす社員の多くは二十代だから、少し物足りないと感じたのかもしれない。

「飾り包丁のテクニックは圧巻だったな」

　貫井が思い出したようにつぶやく。

「林檎の飾り切りが特に凝ってましたよね。特別感が出るから好きだったなぁ」

　結野も、うんうんと同調している。

　とりあえず、濃いめの味付けにしよう、と千影は心に決める。

「唐揚げとか、カレーとか、ハンバーグとか、俺はそういうのが食べたいな～！　あとはオムライスとかエビフライも好き。ここに住んでるのは基本若手が多いからさ。貫井さんを除いて。若者が好きそうな味付けがいいと思うよ！」

　若者というより子どもが好みそうなメニューを陽汰が羅列する。同時に、貫井にぎろりと睨まれている。

「お前はお子様ランチでも作ってもらえよ」

　それもアリだなと内心思う。陽汰のように食べたいものを言ってくれるのは、献立を考える際のヒントにもなるので助かる。

「ぐ、具体的なメニューを言っていただけるのは助かります。参考にさせていただきます……」

「え、そうなの？」

そう言って貫井がこちらを見る。

「すべてのご要望に沿うことは、難しいと思います」

「じゃあ、もし可能ならビーフシチューが食べたいんだけど。いつでもいいから」

貫井のリクエストは、有り難く献立の参考にさせてもらう。

「ビーフシチューだって十分に子どもっぽいメニューで笑えるんですけど」

陽汰が貫井を見ながらにやにやしている。

「いや、ワインとか入ってるから大人の味だろ」

貫井も負けじと応戦する。二人を見ながら、今晩の献立を頭の中で決めた。

「夕食のメニューですが、オムライスのビーフシチューがけにしようと思います」

もちろんサラダも付けよう、季節の野菜を入れたいなと考えていると、陽汰がキラキラした目で千影の顔を見る。

「くるくるってしてるやつ、できる？」

かなり期待に満ちあふれた顔だ。

「くるくる……？　もしかして、ドレス・ド・オムライスのことでしょうか」

とろとろの卵がドレープ模様になった華やかなオムライスのことだ。優雅で特別感がある。画像検索して陽汰に見せると、大きく頷いた。

「それだ！」

「できますよ」

千影が答えると、陽汰と貫井はおぉ、と声をあげて喜び顔を見合わせた。陽汰が指摘した通り、実は貫井も子どもっぽいメニューが好みなのかもしれない。

出勤しようとする陽汰に、千影は声をかけた。

「わ、私は気にしませんので……！」

「え？」

陽汰は、きょとんとしている。

「呼びかたは、なんでも結構です！」

オドオドする千影を見下ろしながら、陽汰の顔が笑顔に変わる。

「了解！」

椅子にかけていた背広に袖を通してから、くるりとこちらを振り返る。

「じゃ、千影さん。行ってきます！」

明るく元気な声が、杉野館の食堂に響いた。

寮の社員たちが出勤したあと、千影はホワイトボードに夕食の献立を書き込んだ。

◎今日の夕食

ビーフシチューオムライス
リーフレタスの粉チーズサラダ

◎ひとことメモ

オムライスのご飯はバターライスです

まずは、ビーフシチューからこしらえる。

牛バラ肉に塩コショウをしてから、じゃがいもを八等分にカットする。じゃがいもを水にさらし、玉ねぎはくし切り、人参は乱切りにする。

フライパンで玉ねぎと人参を炒めて、鍋に入れる。野菜を炒めたのと同じフライパンにバターを入れて、牛バラ肉に焼き色をつける。バターはたっぷり入れること、焦がさないように注意することがポイントだ。

焼き色がついたら鍋に入れ、水を加える。赤ワインとブイヨンも入れたら、弱火でコトコト煮込んでいく。

灰汁(あく)を取りながら一時間半ほど煮込んだら、デミグラスソースを入れる。水にさらしておいたじゃがいもとケチャップを足したら、味が馴染むまでもう一度煮込む。

じゃがいもに竹串がスッと通ったら出来上がり。牛バラ肉がほろほろになったビーフシチューの完成だ。

念のため味見をすると、肉と野菜の旨味がぎゅっと詰まったビーフシチューになっていた。

「濃厚で美味しい……！」

思わず自画自賛する。ちゃんと濃いめの味になっている、と安心しながら千影は鍋に蓋をした。

続いて、バターライスを作る。

普通のオムライスならケチャップライスにするところだが、ビーフシチューをかけるので今日はバターライスにする。

フライパンにバターを入れ、みじん切りにした玉ねぎを炒める。玉ねぎの色が透明になったらご飯と一緒に炒め、乾燥パセリを加えて彩りをよくする。

バターの香りがふわっと漂ってきた。少量を小皿にとって味見する。

「うんっ、これも美味しい」

玉ねぎの甘味とバターの塩気が、ちょうどいい具合に仕上がっている。

次はサラダの準備だ。

リーフレタスは、よく洗って水気を切る。粉チーズとマヨネーズと酢を同じ割合でボウルに入れて、よく混ぜ合わせてドレッシングを完成させる。

ボウルにリーフレタスを入れて味を馴染ませたら、リーフレタスと粉チーズのサラダの完成だ。

こちらも、小皿に盛って味を確かめる。ドレッシングと混ぜ合わせたから、レタスがほどよくしんなりして、その分だけ味がよく付いている。

濃いめの味付けだけど、酢を入れているのでさっぱりとモリモリ食べることができる。

社員たちがいつ帰宅してもいいように、卵液をこしらえておく。卵は一人二個分。白身を切るように菜箸でよく混ぜる。

一通りの準備を終え、千影は洗い物に取り掛かった。包丁やまな板はもちろん、布巾の一つに至るまでていねいに洗う。調理器具は大事な仕事道具だ。包丁に刃こぼれがないか確認してから、布巾を煮沸消毒する。

しばらくすると、玄関のほうから「お腹減った〜〜！」という声が聞こえてきた。

「ただいま！」

食堂に入ってきた陽太は、千影を見つけると破顔して「ご飯、もうできてる？」と言う。

「準備はできてます。すぐに召し上がりますか……?」

「食べる食べる〜〜!」

うきうきと答える陽太に、洋皿を渡す。

「バターライスをお好きな分だけ盛ってください」

「了解!」

陽太が大量のバターライスを皿によそっている。

千影はフライパンを熱して油を入れ、準備しておいた卵液を流し入れた。ジュッといい音がする。

卵液をフライパン全体に広げるようにして、周りが固まってきたらいよいよだ。

じいっと陽太に見られているので、若干緊張する。

菜箸を大きく広げて持ち、両端から中央に箸をすべらせる。卵液を挟むようにして中央で合わせたら、菜箸はそのまま固定しておく。

フライパンを回転させていくと、半熟ともいえない状態だった卵液がドレスのひだのような形になっていく。

卵液が完全に固まる前に、フライパンからバターライスの上にスライドさせるようにして盛る。

オムライスの周りにビーフシチューをかけたら出来上がり。

繊細なドレープが美しい、ドレス・ド・オムライスの完成だ。

「お待たせしました。どうぞ」

リーフレタスの粉チーズサラダと一緒に、配膳台に置く。

「す、すげ〜〜！　プロの技だ！　あっという間に卵がくるくるになった！」

陽汰が目を輝かせている。

「マジで綺麗だなぁ。食べるのもったいない」

そう言いながらも、彼のお腹はぐうぐう鳴っている。

「早く食べてください」

低い声が出てしまい、千影はオロオロしながら言い直した。

「で、出来立てがいちばん美味しいので。お、美味しく食べてもらいたくて……！」

「あ、そうだよね。やっぱ出来立てが最高だよね。実は貫井さんに『今日の夕食はこんなに美味しそうなオムライスですよ〜〜！』って画像を送ってあげようかと思ったんだけど。でも、美味しく食べるほうが大事だからやめとく！」

にこにこと笑いながら、陽汰がスマホをスーツの胸ポケットにしまう。

満面の笑みを浮かべて「うまそ〜〜！」と言う陽汰を見ていたら、強張っていた千影の体から、すっと力が抜けていった。

「いっただきます！」

陽汰が元気よく手を合わせる。

それから、ドレス・ド・オムライスにそっとスプーンを入れた。ビーフシチューのごろっとしたじゃがいもと一緒にオムライスを口に運ぶ。

「ん〜〜っ！　卵がとろとろ。ビーフシチューもすっごく濃厚で美味しいよ！」

「……ありがとうございます」

「肉がごろごろしててデカい！　でもほろほろで柔らかいーー！」

もぐもぐと咀嚼しながら、陽汰は感想を伝えてくれる。

美味しいと言ってもらえるのは嬉しい。彼の感想にもっと耳を傾けていたかったけど、そうもいかなくなった。社員たちが次々と帰宅してくるので、その対応に千影は追われた。

各々が好きなだけ盛ったバターライスに、ドレスに仕立てた卵をのせていく。

心なしか、社員たちに手元を見られている気がする。

卵をくるくるする瞬間は、特に視線を感じる。物珍しいのだろうか。緊張しながらも、千影は一つ一つのドレスをていねいに仕上げていった。

予想以上のスピードでご飯が減っていくので、慌ててバターライスをこしらえる。

しばらくはご飯を多めに炊いて、必要な分を見極めなければ。

玉ねぎを炒めながら、隣のコンロで卵をくるくる巻いていると、結野の声がした。

「……フライパンを回転させながら揺すると、うまくできます」

貫井が真剣な眼差しで、じーっと千影の手元に集中している。

「俺は絶対にできる気がしない」

「慣れたら簡単です」

「器用だねぇ」


卵がフライパンに引っつくことなく仕上がるのだ。

「なるほど」

興味深そうにつぶやく貫井に、陽汰の声がかぶさる。

「結野さんと貫井さん、今日は遅かったですね」

「ちょっと寄り道してたから」

そう言って笑う結野の皿に、フライパンからスライドさせて卵をのせる。

「うわ！　綺麗だな！　すごいすごい」

結野が目を輝かせている。

「バターの香りに食欲をそそられるな」

貫井がごくりと唾を飲み込む。

二人の皿にビーフシチューをかけて、リーフレタスのサラダも添えて、出来上がり。

「このビーフシチュー好きだな。すっごくコクがあって美味しい！」

そう言って、もりもり食べる結野の横で貫井が「うんうん」と唸る。

「赤ワインが入ってるのが分かるぞ。やっぱりビーフシチューには赤ワインだ」

どうしても貫井は『大人の味』にこだわりたいらしい。口元にビーフシチューを付けながらガツガツ食べる様子は、どちらかといえば子どもっぽい気がするのだけど。

「寄り道って、どこに行ってたんですか？」

陽汰がトレーを配膳台に置きながら、二人に問う。

「本町通り商店街だよ」

結野がリーフレタスの粉チーズサラダに箸をつけながら答える。本町通り商店街は、宮川を渡ったところにある昔ながらの商店街だ。

「あ、このサラダも美味しい。粉チーズの味がしっかりついてるのにさっぱりしてる」

結野がぱくぱくと美味しそうにサラダを食べる。

「商店街に用事でもあったんですか？」

「洋品店に行ったんだ。エプロン買いに」

「エプロン？　結野さん、料理でもするんですか？」

「違うよ。千影ちゃんに」

いきなり自分の名前が話題に出てきて、千影はビクリと震える。

「わ、私ですか……？」

「うん。そのエプロン、少し古くなってるじゃない？　せっかくだから新しいのを買ってプレゼントしようってことになって」

「そんなの俺、聞いてないんですけど！」

「定時で上がって、すぐにお前のいる企画広報課に行ったんだぞ。もう帰った後だったが」

貫井がちらりと陽汰を見る。

「夕食が楽しみすぎて、ソッコーで寮に帰りました……」

ははは、と陽汰が笑う。

ガサガサと袋から取り出し、陽汰がエプロンらしきものを広げた。

「いや、でもこれはエプロンっていうか……」

「おばあちゃんのエプロン？」

「割烹着だ」

首をかしげる陽汰に貫井がツッコむ。

「なんで割烹着なんですか」

「風景に馴染むかなと思って。古い町並の一角にある、町屋を改装した寮。その寮のまかないさんには、普通のエプロンよりそっちかなってことになってさ」

「まぁ、それは確かに。雰囲気は合ってるかも」

　陽太が納得したように頷いている。

「今のシンプルなエプロンは似合ってるし、嫌だったらそのままでいいんだけど」

　結野がにこにこと笑いながら「一応渡しておくね」と言って、千影に割烹着を手渡してくれる。

　千影が身につけている黒のエプロンは、伯母が営むお好み焼き屋でアルバイトしていたときのものだ。

　まかない係の仕事には制服はなく、エプロンも支給されなかったので、昔使っていたものを引っ張り出してきたのだった。

　古いだけあって、よく見るとほつれている箇所がある。

「……あ、ありがとうございます」

　なんだか、急に鼻の奥が痛いような感覚になった。

　嬉しそうな顔をしなければ。

　そう思うのに、痛みがぎゅんと激しくなってうまくいかない。

　嬉しいときに、嬉しい顔ができない自分にきっと皆はがっかりしている。

　そう思って恐る恐る顔を上げると、貫井と結野は食べることに夢中らしく、千影の反応を気にしている様子はなかった。

反応を求めているわけではないと知って、余計に有り難いような申し訳ないような気持ちになる。

「ありがとうございます……」

ぽつりとつぶやくと、そばにいた陽汰が反応した。

「うん？　なにか言った？」

「あ、い、いえ……」

「そういえば、千影さんって夕食はいつ食べてるの」

「仕事の合間に、いただくことになっています」

そう言いながら、まだ口にしていなかったことに気づく。作りながら少し味見をしただけだった。

……でも、もう今日は食べられないと思う。

なんだか胸がいっぱいで、まるで食べられる気がしないのだ。

とても不思議な感じがする。

食べていないのに、すごくお腹が空いているはずなのに、まるで美味しいものをお腹いっぱい食べたあとみたいな感じになっている。

心と体がじんわりと温もって、満たされているような、そんな感覚になっていた。

◆

アパートまでの道を歩きながら、千影は思い切り深呼吸をする。心地よい疲労感だ。勤め始めた頃は、頭の先から足の先まで疲弊していた。勤務中ではなく、終業後にそれを感じるのだ。

いつも帰り道の足取りが重くて、のそりのそりと歩いていた。近距離にあるはずのアパートが、遥か彼方に存在しているような気分だった。

そんな千影だったけど、つい最近あることに気づいた。

ちょっと充実感が、あるかも……？

少しだけ余裕が出てきたのだろう。器用なタイプではないので、そう思えるまで半年ほどかかった。

あのとき受け取った割烹着も、今ではすっかり千影の体に馴染んでいる。

仕事が終わって割烹着を脱ぐとき、ちょっと心許(こころもと)ない感じになる。身に纏っていないと、落ち着かないくらいなのだ。

自分の変化が嬉しくて、千影は一人笑みを浮かべた。そして、軽い足取りで帰路を急いだのだった。

二　富山、ほたるいかの酢味噌和え

三月の終わりから四月にかけて、独身寮『杉野館』は慌ただしい日々だった。

株式会社ワカミヤには、いくつか支店がある。異動が決まった社員の退去や入居やらで、千影もバタバタしていた。

新しい入居者の好みを把握したり、アレルギーの有無を確認したり、食堂でのあれこれを説明したりと落ち着かない毎日だった。

それでも五月に入ると、少しずついつもの日常が戻ってきた。

五月半ばの昼下がり。千影は、せっせと手仕事に勤しんでいる。作っているのは『赤紫蘇シロップ』だ。

赤紫蘇には、ビタミンやミネラルをはじめ、体にいい成分が多く含まれている。シロップにして水や炭酸で割ると、美味しいドリンクができるのだ。

赤紫蘇は出回る時期が限られているので、目に入ると必ず手を伸ばしてしまう。今日、朝市で今年初めての赤紫蘇を見つけた。

まだ本格的な収穫時期ではないせいか、束になったものがほんの数点、番重に並べられているだけだった。千影は逃すまいと、赤紫蘇に飛びつくようにして購入した。

そして、わさわさと束を抱えて帰ることになったのだった。

杉野館の台所には、硝子瓶がいくつもある。シンプルでスタイリッシュな形状のもの、インテリアとしても使えそうな凝ったデザインの小瓶、ころんとした可愛い形のもの。

おそらく、最近は使われていなかったのだろう。食器棚の引き出しの奥に、まるで眠るように仕舞われていた。

せっかくの道具だから、赤紫蘇が出回る季節になったらシロップをこしらえようと、千影は密かに企んでいたのだ。

シロップを作るには、赤紫蘇の下処理から始める。茎から葉を一枚ずつもいでいく。葉だけになったら、ボウルに葉と水を入れ、ていねいに洗う。

鍋に水を入れ、火にかける。沸騰したら、赤紫蘇を入れる。

しばらく茹でていると、赤紫蘇が緑に変わっていく。これはアントシアニンが溶け出すからだ。赤紫色の湯がふつふつと沸いている。これがシロップの素になる。

緑色になった葉はザルにあげ、ゴムベラなどでぎゅっと押しつけるようにして搾る。こした液は鍋に戻し、きび砂糖を加えて弱火にかける。

きび砂糖が完全に溶けたら火を止め、りんご酢を加える。

ゆっくりとかき混ぜると、あっという間に液体が鮮やかなピンクがかった色になる。まるで魔法みたいだと毎回、ちょっと感動してしまう。

色が変化するのは、りんご酢を加えることで液体が酸性になり、アントシアニンの色素が反応するから。

出来上がったシロップは、煮沸消毒した清潔な小瓶に詰めて冷蔵庫で保存する。鮮やかなシロップが詰まった小瓶たちを眺めながら、思わず千影はにんまりとする。

手仕事をしていると時間がゆったりと流れていくような気がして心地よい。しばらく慌ただしい日々だったから、余計に心地よく感じたのかもしれない。

今日の献立は、飛騨牛のコロッケとメンチカツがメイン。どちらもサクサクに揚がっている。コロッケはじゃがいもがほくほくしていて、玉ねぎの優しい甘みが美味しい。

メンチカツは、飛騨牛(ひだぎゅう)の旨味がぎゅぎゅっと詰まっている。味見しようと箸を入れた瞬間、じゅわ～っとジューシーな肉汁があふれてきた。

かじると、サクサクの衣と肉々しい感じ、それからあふれる肉汁で口の中が幸せになった。

メンチカツは、飛騨高山の人気グルメの一つだ。

人気の老舗精肉店が古い町並にあり、観光客が食べ歩きしている姿を見かけることがある。美味しそうにかぶりつく様子を見て夕食の献立にしようと思いついた。

なかなかの自信作をこしらえることができたと思う。たくさん食べてもらいたいな、とうきうきしながら千影はホワイトボードに献立を書き込んだ。

◎今日の夕食
ごはん（白米）
飛騨牛コロッケ＆メンチカツ
彩り鮮やかイカと野菜のマリネ ～粒マスタード風味～
千切りキャベツ
豆腐となめこの味噌汁

◎ひとことメモ
ごはんと味噌汁と千切りキャベツはおかわり自由です
食後に赤紫蘇ジュースあります

味噌汁の具は、なめこと豆腐。香りのいい三つ葉をのせて出す予定だ。

イカと野菜のマリネは、輪切りにしたイカと彩りのよい野菜がさっぱりと食べられる一品に仕上がっている。オリーブオイルと粒マスタードのおかげでコクもある。

野菜は玉ねぎとセロリ、それから人参。玉ねぎとセロリは水にさらして辛味を抜いて、人参は千切りにして塩で揉んでおく。

茹でたイカと野菜、調味料をボウルに入れて和えたら出来上がり。ポイントは少し時間を置くこと。味が馴染んで格段に美味しくなる。

昼間こしらえた赤紫蘇は、ジュースにして提供する。グラスにシロップと氷、炭酸水を注ぐと、見た目にも爽やかな赤紫蘇ジュースの完成だ。

夕食の準備が整ったのを見計らったように、仕事を終えた社員たちが帰ってきた。

配膳台に並んだ赤紫蘇ジュースを見た瞬間、陽太の顔がキラリと輝く。

この顔をするのは、彼が美味しそうなものを見つけたときだということに最近気づいた。もともと明るい表情をした彼がキラッとすると、ものすごく華やいだ感じになる。

「綺麗な色ですね」

赤紫蘇ジュースを飲むのは初めてらしい。

陽太に「どうぞ」とすすめる。

「やった」

陽太は嬉しそうにグラスを手にして、勢いよくゴクゴクと飲む。

「うまっ！　甘くて爽やかで、仕事終わりの一杯には最高だなー！」

本当に美味しそうに飲むな、と千影が嬉しく思っていると、貫井が食堂に姿を見せた。ネクタイを緩めながら、陽汰の『仕事終わりの一杯』に感想を述べる。

「それって普通は酒を飲んだ後に言うセリフじゃないか？」

「人それぞれですよ」

グラスの半分は勢いよく、後半はちびちびと舐めるように味わう陽汰が反論する。

「まぁ、これは……確かにうまいな」

貫井にも赤紫蘇ジュースを出すと、感心したようにつぶやく。

「でしょ」

千切りしたキャベツをこんもりと皿に盛り、飛騨牛コロッケとメンチカツも一緒にのせる。イカと野菜のマリネを小皿に分けていると、貫井が「イカか……」とつぶやいた。

「……貫井さん、もしかして苦手でしたか？」

だったら、次からは控えようと思っていると、彼は慌てて首を振った。

「違う、そうじゃなくて。地元にいるときは、この時期によく食べてたなと思ってさ。といってもほたるいかなんだけどな」

「貫井さんの出身って富山でしたっけ？」

陽汰が千切りキャベツをモシャモシャ食べながら貫井に訊く。

「そうだ。富山では春から初夏にかけて、ほたるいかをよく食うんだよ」

「へぇーー！　そうなんですか」

「特に『ほたるいかの酢味噌和え』がよく食卓にのぼっていたな。新鮮だと茹でてもうまくて、ぷりぷりの食感が最高なんだ」

この季節の富山を代表する料理らしい。

「どんなに食欲のない日でも、あれだけは食えたなぁ」

懐かしそうに語る貫井を見て、社員それぞれの郷土料理を献立に採用させてもらおうかなと密かに思う。特にメニューが思いつかないとき。

「故郷の味ってやつですね。何か、すごくいいなぁ」

帰宅したばかりの結野が、なめこと豆腐の味噌汁を椀に入れながら言う。

千影は、結野の言葉に密かに頷いた。

昔、親戚の家で暮らしていたとき。

『いただき』というご当地メニューが食卓に並ぶと、皆が喜んでいた。食事の時間がいつもより明るくなって、ワイワイと盛り上がるのだ。

いただきは、鳥取県の郷土料理だ。当時、千影は鳥取県の中心部で暮らしていた。

このいただきは、いなり寿司によく似た見た目をしている。けれどまったくの別物なのだ。

いなり寿司は、味の付いた油揚げの中に酢飯を詰めたもの。いただきは、大きな油揚げの中に生のままのお米や野菜を詰めて、だし汁で炊き上げたものだ。

大皿でテーブルに並ぶと、すぐに箸が伸びてきて、あっという間になくなっていく。口に運びながら、皆すごく楽しそうにしていた。

郷土料理には、人を元気にしたり笑顔にしたりする力があるのだと、子どもながらに思っていた。

「結野さんの地元ってどこなんですか？」

陽汰の声で、千影は懐かしい記憶から現実に戻った。

「う～～ん、引っ越しが多かったからね。これといった場所がないんだよ。だから憧れるのかも……陽汰は、名古屋（なごや）だっけ？」

「そうです。ご当地グルメなら負けませんよ！　味噌カツでしょ、それから味噌煮込みうどん、手羽先、ひつまぶし、名古屋コーチンの親子丼に小倉トースト……」

指を折りながら、陽汰は得意気にご当地メニューを羅列していく。

「あんかけスパに鉄板スパ、それから台湾（たいわん）ラーメンとか！」

「名古屋なのに台湾？」

結野が驚いたように陽汰を見る。

「そうなんですよ！　見た目は担々麺に近くて、けっこう辛いかも。あ、辛いのが苦手ならアメリカンがおすすめです」

「……いつ麺類からコーヒーの話になったんだ？」

「何言ってるんですか貫井さん、ずっと台湾ラーメンの話ですよ」

「名古屋メシで、台湾ラーメンの、アメリカン……？」

席に着きながら、結野が困惑している。

「冗談で言ってるんじゃなくて、マジですからね。有名店に行ったとき、ちゃんとメニューにも書いてあったし。ちなみに辛いのが好きならイタリアンを注文してください」

「台湾ラーメンのイタリアン？　本当に意味が分からん」

貫井がため息を吐きながらイカと野菜のマリネに箸をつける。

「確かに初めて聞くと意味不明ですね。でも、名古屋ってほんとうにご当地メニューに強いなぁ。たくさんあるし、美味しそうなものばかりだね」

結野の言う通りだ。豊富なご当地メニューに圧倒されている間に、少しずつ食堂が賑やかになってきた。柱時計を見ると、午後七時。いつもこの時間帯が忙しさのピークになる。

飛騨牛コロッケとメンチカツでご飯がすすんだのか、いつも以上に白米の減りが早い。おかわりの頻度も多い気がする。

残業でまだ寮に戻っていない社員もいるから、炊いておいたほうがいいかもしれない。もりもりと夕食を頬張る社員たちの様子を見て、千影は一人気合を入れた。

新たに米を土鍋で炊き、千切りキャベツを用意する。

キャベツは、あらかじめ水にさらしておく。そうすることでシャキッとするのだ。芯を取り除き、大きな葉なら重ねて手前からくるくると巻く。そして一～二ミリの幅で切っていく。

「ふぅ……」

あらかた支度を終えて一息つくと、陽汰の元気な声が耳に届いた。

「夏は好きだけど梅雨はイヤだなぁ。ジメジメするし、傘を持って行くか迷うビミョーな日とかマジで一番困りません？」

「そうだね。でも、来月には東海(とうかい)地方も梅雨入りだろうなぁ」

彼らの話題は、いつの間にかご当地メニューから季節の話に変わったらしい。

「本格的な暑さになる前に、切っておきたいんだけどな」

伸びた前髪を、貫井は鬱陶(うっとう)しそうに払う。

「美容院に行って、切ってもらえばいいじゃないですか」

「……苦手なんだよ」

「美容院がですか？」

「休みの日に出かけるのは億劫だし、美容師に『お仕事大変ですか？』とか『これから予定あるんですか？』とか聞かれるのもしんどい」

貫井がげんなりした顔になる。

美容院で会話を頑張る感じとか、後になって疲れる感覚は千影も理解できる。共感できるなと思っていたら、陽汰が異を唱えた。

「えーー！　せっかくの休みなんだし、出かけないともったいないですよ！　それに美容師さんとしゃべるのって楽しいじゃないですか」

「出たよ、陽キャの極み」

疲れ切った表情で貫井が陽汰を見る。

「落ち着いた店で、あまり話しかけてこない美容師がいるところがあればいいんだが……」

貫井はスマホで美容院の検索を始めたようだった。「どこもやたらキラキラしてるな」と言いながら画面をスクロールしている。

「話しかけないでくださいって、言えばいいだけじゃないですか？」

「いい年した大人なんだぞ、俺は。社会性を疑われるだろうが」

陽汰の案にすばやく貫井が却下のジャッジを下す。譲れないプライドのようなものがあるらしい。

「あ、そういえば、そこの通りを入って少し行ったところに美容室ありませんでした？」

結野が思い出したように声をあげる。

「どこだ？」

「えっと、人通りの少ない細い路地にあって。看板もいい感じにレトロというか、落ち着いた雰囲気を醸し出してるというか……」

「なんて名前の店だ？」

「店名……ん～～、なんだっけ。美容室には珍しい和風っぽい感じというか、とにかくローマ字表記じゃないことだけは確かなんですけど」

細い路地にある美容室なら、千影も知っている。というか、通っている。レトロな看板で和風っぽい店名なら、たぶん間違いない。

「……あ、あの。もしかして『待宵』という店でしょうか？」

遠慮がちに店名を告げると、結野が「それだ！」と大きく反応した。

「千影ちゃん知ってるの？」

「はい。通っているので」

杉野館で働き始めて少し経った頃、偶然見つけたのだ。

町屋が並ぶエリアを抜けた路地裏で、ひっそりと営業している美容室だった。夕方になると『街宵』という丸いレトロな看板に、ぼんやりと明かりが灯る。

店主は女性で、他に従業員はいないようだった。

やたら聞き上手な店主で、通ううちにぽつりぽつりとプライベートなことを話すようになった。千影にとっては、かなり珍しいことだ。

「それで、どんな雰囲気の店なんだ？」

真剣な表情の貫井が、千影に質問する。

「えっと、人通りの少ない路地に面しているので、落ち着いた雰囲気の店です。外観は町屋造りですけど、店内は看板のイメージ通りレトロな感じで。美容師さんは三十代半ばの女性が一人……」

「客も女性ばかりか？」

「何度か、入れ違いで男性のお客さんを見かけました」

「……話し、かけられるか？」

ものすごく重要な事柄を確認するみたいに、貫井が訊いてくる。

「まぁ、ときどきは……でも、すごく配慮してくれる店主さんです」

世間話をすることはある。でも、こちらの気配を察しているのか「今日はあまり話したくないな」という日は、そっとしておいてくれる。千影にとっては居心地のいい美容室だった。

「決まりだ」

貫井が小さく拳を握りしめる。さっそく予約サイトで予約を確定させたらしい貫井が、満足そうな笑みを浮かべている。

「近所なのはポイント高いなぁ。俺も次から『待宵』にしようかな」

都会の有名美容室に通っていそうな風貌（ふうぼう）の結野だけど、実態はそうでもないらしい。

「会社員なんだし、無難が一番だよ」と笑っている。

◆

貫井は、さっそく美容室『待宵』へ行ったらしい。

週明けの彼は、かなりすっきりとしたヘアスタイルになっていた。心なしか表情も明るい。昇進したせいで仕事を抱え込み、疲れた顔が平常運転だったのが嘘みたいだ。ヘアスタイルが軽やかになると、心まで軽くなるのだろうか。

そう思ったのは千影だけではなかったらしい。朝、食堂に姿を見せた陽汰も「雰囲気変わりましたね」と貫井に声をかけている。

「似合う髪型になったからな。断然、男前になっただろう」

手鏡で確認しながら、貫井が短い襟足をさらりと撫でた。ＣＭか何かの撮影でもしているのかと思うような仕草を見せる。かなり大げさなポージングだ。

「……う、うん。そうですね」

珍しく、陽汰がドン引きする側になっている。

千影は朝食のサンドイッチをカットしながら、ポージングする貫井の様子をちらりと盗み見る。

「顔型によって似合うスタイルってあるらしいんだが、あの人はそれが瞬時に分かるらしくてな。彼女の言う通り、思い切って流行のスタイルにしてみたんだ」

貫井の新しいヘアスタイルは、マッシュヘアというらしい。丸みのある形状が特徴的だ。

「細部に至るまで相談して決めたんだ。話も弾んで楽しかったよ」

かなり新しい髪型が気に入っているようだ。にこにこしながら、貫井は頭頂部やら襟足やらを弄んでいる。

「貫井さんって、そんなに髪型にこだわる人でした？　というか、めちゃくちゃしゃべってるじゃないですか美容師さんと。話すのが嫌で美容院に行きたくないって、あんなに駄々こねてたのに」

千影も同じことを思っていた。陽汰がツッコんでくれたおかげでスッキリした。

「俺は、分かったんだ。気づいたんだよ。話しかけられるのが嫌なんじゃない。客がどんな仕事をしているのか遠慮なく知ろうとしたり、休日の予定を根掘り葉掘り聞いたりする美容師が苦手だったんだ」

「根掘り葉掘りって……美容師さんだって、コミュケーションを取ろうと頑張ってくれてるんですよ」

「小夜さんには、気遣いがあった!!」

急に貫井が大きな声を出した。声を張る必要のない近距離で陽汰としゃべっているのにもかかわらずだ。驚いて、千影は洗っていたミニトマトを落としそうになった。

「さよさん？　誰ですか？」

陽汰が怪訝な顔をする。

「美容師だよ。『待宵』の店主で、美容師の小夜さん」

「名前まで聞いてるし」

苦笑いしながら、陽汰が配膳台のほうへ来る。

「うわ、サンドイッチうまそーー！」

陽汰の顔がパッと明るくなる。

千影は洋皿にサンドイッチをのせた。空いたスペースにミニトマトのバジル和えと、ヨーグルトの入った硝子製の器を置く。

「いただきます」

陽太がニコニコしながら、洋皿を受け取って自分の席に着く。

今朝のメニューはサンドイッチ。カリカリに焼いたベーコンが美味しい贅沢な一品だ。

◎今日の朝食
厚焼きたまごとカリカリベーコンのサンドイッチ
ミニトマトのバジル和え
ヨーグルト～すももジャム添え～

◎ひとことメモ
コーヒーor紅茶がつきます

もうすっかり食べ終えた貫井は、まだまだ話が尽きないらしく『待宵』での出来事を陽太に語っている。

「まず、声質がいい！　落ち着いてるんだ！」

「……俺は今まで、美容師の声質を気にしたことがないんですけど」

「雰囲気もいい。静かで、ゆったりしていて‼」

「店内の話ですか？　落ち着ける店でよかったですね」

「小夜さん自身のことだ‼」

若干、貫井の目が血走っている気がするのは気のせいだろうか。

「夜の海みたいなんだ……静かで、しんとした雰囲気があって、まるで凪のような……」

「貫井さん、いつから詩人になったんですか」

興奮気味に話す貫井と、落ち着き払っている陽汰の対比が面白い。いつもとは真逆なので、少々違和感があるけれど。

貫井は、どうやら『待宵』がそうとう気に入ったらしい。

彼が初めて『待宵』を訪れてから、ちょうど一ヶ月後。

「貫井さん、また美容院に行ったみたいですよ……」

「通いつめてるね」

陽汰と結野が、夕食をとりながらなんともいえない顔をしている。

「かなりの頻度ですよね」

「カットする必要がないから、最近はトリートメントのみらしいよ」

「……かなり、艶めいてますね」

「うるつや髪だねぇ……」

貫井の髪を見ながら、陽汰と結野がため息を吐く。

相変わらず、貫井の『小夜さん』語りは続いている。

初めは彼女のいいところをひたすら語っていた。けれど月日が経つにつれて、貫井の主張には『彼女の気になる点』というのが混じるようになった。気になる点というのは、もう少し改善したほうがいいのでは、という貫井なりの提案というか、要はお節介だ。

「美容師なのに髪が傷んでいるというのはいただけない。なんとかしたほうがいいと俺は思う」

腕組みをしながら、貫井が一人頷いている。

「……なんか、怖い方向にいってないですか？」

「俺は彼女を分かってる感を出すの、マジでやめてください」

結野は心配そうな顔、陽汰は呆れ顔だ。

けれど、貫井が指摘する『傷んでいる』というのは、実際のところ本当の話だ。小夜の髪は決して綺麗な状態ではない。艶はなくパサパサで、ひどく傷んでいる。

初めて見たとき、実は千影も少し驚いた。美容師の髪といえば、常に手入れが行き届いているイメージがあった。

なぜ彼女の髪は傷んでいるのか。

千影は、その理由を知っている。一言で言えば、美容師としての矜持だ。

長めの休憩時間を利用して、千影は『待宵』を訪れた。

店内は、いつものように穏やかな時間が流れている。

シックでレトロな内装、落ち着いたBGM、優しげな雰囲気の店主。そして、わずかに漂う香り。トリートメント剤の香料の匂いだ。

「いらっしゃいませ。こちらにどうぞ」

千影は案内されて、鏡の前の椅子に腰かけた。

高級感のある本革のスタイリングチェアは、ゆったりと腰を据えることができる。長時間座っていても疲れないので、千影のお気に入りだった。

スタイリングチェアは、ブラックとブラウンの色違いで、二つ並んで配置されている。

美容師は小夜一人だから、二つ同時に使用しているところを見たことはない。けれど、いつもチェア周りは綺麗に整えられていた。

「本日も揃える程度にされますか？」

「はい」

長い黒髪に特にこだわりはないのだけど、千影はずっとこのスタイルにしている。ストレートで前髪があるタイプのロングヘア。こだわりがないからこそ、このスタイルになったともいえる。

「あと、トリートメントもお願いします」

美容室でヘアケアをするようになったのは『待宵』に通うようになってからだった。この店は、トリートメントに力を入れている。豊富な種類を取り揃えているのだ。

「実は、また新しいものが入ったんですよ」

数種類のハーブが配合された美容液だという。匂いを嗅がせてもらうと、濃厚なアロマの香りに体がとろけそうになった。ものすごく甘い。なんて贅沢な香りなんだろう。心がはずむような、うきうきした気持ちになる。

貫井が浮かれるのも分かる。分かるけれど、貫井は千影が感じるのとはまた違う特別な『うきうき』を心に秘めていると思う。

「……また、ご自分の髪で試したんですか？」

「ええ、この間営業さんが来られて。おすすめされたのでさっそく使ってみました」

鏡越しに、小夜が小さく微笑む。

小夜は、自分の髪でトリートメント剤を試しているのだ。そして、いいと思ったものだけを店に置く。

『傷んだ髪だとね、違いがよく分かるんですよ』

いつだったか小夜が教えてくれた。

彼女は仕事のために、あえて状態の悪い髪にしているのだ。その話を聞いたとき、千影は衝撃を受けた。

「この店は、トリートメントが売りなんです」

「そうなんですか」

「もともとは、祖母が一人で営業していた店なんですけど。その頃から、トリートメントにはこだわっていたんです。私の代になって、スタイリングチェアの数を増やして、少し改装もしたんですけどね。トリートメントにこだわるところは、変えたくないと思って。ずっと通ってくださる常連さんもいるので、ケア剤は必ず自分で試して、見極めるようにしているんです」

　それが、美容師としての彼女の矜持なのだ。

　細く白い指先が軽やかに動く。しょきしょきと繊細な音を立てながら、千影の髪を整えていく。小夜は優しい、けれど真剣な目をしている。

　貫井が彼女に惹かれる理由は、千影にも分かる気がした。

◆

「あれって、完全に恋ですよね。ラブですよね」

　朝の食堂で、陽太が声をひそめる。

「そうだね」

結野は頷きながら、ピザトーストをかじっている。

千影も同意見だった。ヨーグルトにすもものジャムをかけながら、密かにうんうんと頷く。ちなみにすもものジャムは、朝市で手に入れたものを煮詰めてジャムにしたものだ。

先日、傷のついたすももが大量に売られているのを発見した。買い物上手を自負する千影が手を出さないはずがない。

コトコト煮込む作業は、まったく苦にならない。おかげで鮮やかな濃いピンクのすもものジャムが小瓶に詰められストックされている。

最近の朝食には登場する機会が多い。今日のメニューもそうだ。

◎今日の朝食

たっぷり野菜とツナのピザトースト
レーズン入りキャロットラペ
ヨーグルト～すももジャム添え～

◎ひとことメモ

コーヒー or 紅茶がつきます

ピザトーストの食パンは五枚切り。具は玉ねぎとピーマン、トマト、コーンにツナ。チーズをたっぷりのせた美味しいピザトーストに仕上がった。

キャロットラペというのは、千切りにした人参のサラダのこと。簡単に作れて、見た目もおしゃれなので重宝している。ヨーグルトはジャムをかけるので少し酸味が強め。それらを大きめの皿にまとめて、まだ眠そうな顔で並ぶ社員たちに手渡していく。

「貫井さんのラブを応援したい気持ちはもちろんあるんですけど、なんか不安というか心配というか……貫井さん、完全に舞い上がっちゃってるし」

ヨーグルトとすものジャムをくるくるとかき混ぜながら、陽汰が心配そうな顔をする。

「一人で突っ走ってる感があるよねぇ……」

結野も同じく心配そうな顔で、ホットティーに口をつけている。

「いつもの貫井さんだったら、ちゃんと段階を踏んでいくと思うんだけど。でも……あの様子だと一気に距離を詰めてそうだなぁ」

「まさか、プライベートを根掘り葉掘り聞いたりしてないですよね……!?　あんなに遠慮のないやつは嫌だとか言ってたんだし、大丈夫ですよね……?」

陽汰が結野をすがるような目で見る。

「どうだろうねぇ……あ、そうだ。千影ちゃんは何か知ってる？」

結野がくるりと振り返った。

「そういえば、千影さんも『待宵』に通ってるんだよね。何か知ってるなら、教えて欲しいんだけど！」

陽汰が勢いよく立ち上がる。

「お、教えるというのは……？」

「貫井さんはあの通り舞い上がっちゃってるし、冷静な判断ができないと思うんだ。だから、小夜さんっていう人が、どういう人なのか知りたい」

陽汰の表情はいたって真剣だ。貫井のことを本気で心配しているのだと分かる。

「あまり、プライベートなことは知らないんです……」

思えば、いつも話を聞いてもらうばかりだった。

彼女は聞き上手で、いつも柔らかい声で相槌をうってくれて。だから、千影にとっては珍しく会話が苦にならない相手だった。

「陽汰は、小夜さんが悪い人なんじゃないか、貫井さんが騙されたりひどい目にあったりしないかってことを心配してるんだよね？」

結野の言葉に、陽汰は深く頷く。

「……私が言えるのは、仕事に対してはすごく真面目な方だということと、あの店を大事に思っているということくらいです」

「それってすごくいい人じゃん！　なんかすっごいよさそうな人ーー！」

力が抜けたのか、陽汰が倒れ込むように自分の席に座る。

「貫井さんがひどい目にあう心配がなくなってよかったね」

結野も安堵したようにほっとした顔を見せる。

二人とも同僚思いだなぁと千影が思っていると、急に結野が「あ、でも」と不穏な表情になった。

「そんなにいい人ならさ……」

「なんです？」

「付き合ってる人、いそうだよね」

「………」

わずかに沈黙が流れた。言われてみれば、そうかもしれない。仕事に対して一生懸命だし、腕は確かだし、仕事のせいで髪は傷んでいるけど、それ以外はぴかぴかでいつも身綺麗にしている。

ぴかぴかというのは、派手という意味ではない。いつも服にピシッとアイロンがかかっている感じとか、爪の先まで手入れが行き届いている感じとか、そういうさりげない綺麗さだ。

「い、いや。そんなことないですよ！　俺だってめちゃめちゃいい人だけど恋人いないし！」

陽汰は自らを『いい人』だと宣言し、同時に『お一人さま』だと暴露する。

こんなに格好よくて愛想がよくて、自分とは違う世界の人みたいにきらきらしている陽汰でもお一人さまなのだ。千影は同じお一人さまとして、密かに陽汰に親近感を抱いた。

結局、結野が言ったことは正しかった。

そのことに気づいたのはしばらく経ってから。東海地方が梅雨入りして、すぐのことだった。

ジメッと湿気を含んだ空気をわずらわしく思いながら、千影は夕食の下準備に取りかかっていた。

大きなカボチャとまな板の上で格闘していたとき、食堂の入口で「カタン」と物音がした。視線をやると貫井が立っていた。

今日、貫井は有休を取っている。立て込んでいた仕事が一段落したらしいのだ。やっとまとめて休みが取れると、数日前に喜んでいたのを千影も知っている。

「貫井さん？」

「……た」

「え？」

貫井がぼそりとつぶやく。うまく聞き取れない。千影は作業している手を止めて、貫井のほうへ向かう。

「どうかされたんですか」

よく見ると、彼には表情がなかった。まるで幽霊でも見たように真っ青になっていた。

「大丈夫ですか？　体調が悪いんですか？」

おろおろする千影に、貫井はさっきより多少はっきりした声で「短かった」と言った。

「みじかかった？」

「……髪が、短くなっていた」

「誰の髪ですか？」

「……小夜さん、髪を切ってしまっていた」

「そう、なんですか……」

大切なはずの髪。彼女が『待宵』で仕事をする上で、なくてはならない髪。その髪を切ってしまった……？

「店を閉めるそうだ」

「え……？」

「東京へ行くらしい」

それだけ言って、貫井は自室に引きこもった。

千影は作業に戻り、下準備を終えた。早朝から仕事をしていたから、今から長めの休憩に入る予定だ。

一度アパートに戻ろうと思っていたけど、どうしても小夜のことが気になる。千影は自宅とは反対の場所へと向かった。

出格子が連なる道を歩く。気づいたら、小走りになっていた。

どうして。お店のことは、とても大事に想っていたはず。それなのに……息を切らしながら、町屋が並ぶエリアを駆け抜ける。細い路地に入った。風情ある小路の一角。『待宵』の看板は、まだ残っていた。

店の中を覗くと、薄暗い店内の中に彼女はいた。

貫井が言った通り、小夜の髪は短くなっていた。胸元まであった彼女の髪は、フェイスラインで綺麗に切り揃えられている。

思わず店の中に足を踏み入れると、小夜がこちらを見た。

「あ、あの。お店、なくなるんですか……？」

千影が訊ねると、小夜はすまなそうな、寂しそうな顔になった。

「ごめんなさい、急で。お客さまに十分なお知らせもできなくて、本当に申し訳ないと思っています」

「あ、えっと。東京へ行かれるって聞いたんですけど」

「もしかして、貫井さん？」

貫井がワカミヤの社員であり『杉野館』で暮らしていることを彼女は知っている。もちろん、千影がそこでまかない係の仕事をしていることも。

千影が頷くと、小夜はぽつりぽつりと語り始めた。

「東京に、お付き合いしている人がいて……もともとは、飛騨高山の人だったんです。美容学校で知り合って、卒業後に彼は県内のサロンに就職しました」

小夜が、頬にかかる髪を耳にかける。

「しばらくして、彼は東京へ行くと言って街を出ました。なんのあてもないのに、東京の有名店で働いて将来は自分の店を持つんだって……」

「素敵な夢ですね」

「無謀だと思うくらい大きな夢でしょう？」

苦笑しながら小夜が言う。

「……でもね、彼の夢叶ったんです」

有名店での修行を経て、彼は独立したという。

「すごい……」

千影は思わず感嘆の声をあげた。

独立した彼は、すぐに小夜に結婚したいと申し出たらしい。けれど、この店のこともあり決心がつかないまま、小夜は何年もずるずると返事を引き延ばしていたという。

「連絡はときどき取っていて。最近、常連になってくれた男性のお客さんがいるっていう話になって……」

おそらく、貫井のことだろう。

「そうしたら、そいつは客じゃなくてお前が目当てで来てるって言い出して。そんなはずないのにね」

小夜がふっと笑う。どうやら彼女は鈍いらしい。貫井の舞い上がった様子を思い出して、千影はなんとも言えない心境になった。

「変な誤解をされたことに腹立たしさを覚えたけれど、同時に嬉しかった。あの人が、まだ私を気にかけてくれていることを有り難いと思ったし、自分の気持ちも再確認できた」

だから、決心したという。

「決心が鈍らないように、こうして店の片付けをしているんです。この髪も、もう必要がなくなりました」

そう言いながら、そっと自分の髪に触れる。短くなった髪を撫でる手が、さみしく空を切る。

彼女と『さよなら』をするのだなと、千影は静かに覚悟した。

自分は、ただの客の一人に過ぎない。長年『待宵』に通っていたわけでもない。

それでも、ここに来るのは千影にとって密かな楽しみだった。『待宵』にいる時間が好きだった。リラックスできた。彼女に髪を触ってもらって、話聞いてもらって。

そんな風に思っていた客が、きっと千影の他にもいたはずで……

しんみりしていると、小夜が口を開いた。

「……私は、ダメだと思っていたんです。東京で成功なんてするはずないって。あの人を信用していなかった。信じていなかった。そんな私が、今さら東京へ行ってあの人のそばにいる資格なんてあるのかな？」

自嘲するような声だ。

薄暗い店内に差し込む光が、スタイリングチェアに当たっていることに気づいた。

千影は視線をチェアのほうにやったまま、小夜のいつかの言葉を反芻する。

二つ並んだ色違いのスタイリングチェア。

彼女は、祖母から受け継いだ後にチェアを増やしたと言っていた。

「……この店、スタイリングチェアが二つありますよね。もともとあったんじゃなくて、改装して増やしたっておっしゃってましたよね。使っていないのに、いつも綺麗で。どうしてだか私、ずっと気になっていたんです」

並んだ配置。いつでもお客さまを迎え入れる準備ができているかのように整えられたスタイリングチェア。

「信じていなかったというより、戻ってきて欲しかっただけなんじゃないですか。東京でダメでも、戻ってきたら美容師としてここで働ける。彼の居場所を守るために、あなたは、ここで一生懸命に仕事をしていたんじゃないですか」

自分の髪をぼろぼろにして、毎日店に立って、鋏を動かして。

「あなたは恋人を信じていなかったのではなく、ただ好きな人を待っていただけだと思います」

千影の言葉に、小夜は小さく「ありがとう」と言った。薄暗くてはっきりとは分からなかったけど、彼女の目には光るものがあった気がした。

◆

「美容室ってさ、必要以上に明るいと思わない？」

くるみとカボチャのデリ風サラダに箸をつけながら、結野が思い出したように言う。

昼間、千影が格闘していた大きく無骨なカボチャは、ひと手間加えることでおしゃれな一品へと生まれ変わった。

「そういえば、店内すごい明るいですよね！　照明がぴかーーってしてて、内装が白だと目がチカチカしますもん」

陽太がトンテキにかぶりつきながら同意する。今日のメインは、にんにくチップとこってりしたタレが絶品の厚切りトンテキだ。

◎今日の夕食

ごはん（白米）
にんにくチップとこってりタレの厚切りトンテキ
くるみとカボチャのデリ風サラダ
野菜たっぷりコンソメスープ

◎ひとことメモ

ごはんとスープはおかわり自由です

「あれって、ある程度の明るさを確保するように義務づけられてるみたいだよ」

「そうなんですか？」

「安全面はもちろん、作業のしやすさとか、カラーリングしたときの色味を確認するのに必要なんだって。いつも行ってるサロンの美容師さんが言ってたよ」

「へぇーー！　知らなかった。ちゃんと意味があるんですね」

「あと、これも聞いた話なんだけど。美容師さんって自分が客として美容室に行ったときは全然しゃべらないんだって」

「まじっすか！　やっぱり仕事だから頑張ってコミュニケーションとろうとしてるんですね！　あ、俺も聞いた話ありますよ。カットしてるときにお客さんが相槌うって頭が動くとやりづらいとか、シャンプーしてるときに『かゆいところは？』って聞いても『ない』としか言われないとか」

「なかなか『ある』って言えない気持ちは分かるよ」

陽汰と結野が美容室あるあるで盛り上がっている様子を微笑ましく思いながら、同時にヒヤヒヤする。貫井の前でその話題はいけない。二人はおそらく、貫井が失恋した事実をまだ知らないのだ。

いつ貫井が食堂に姿を見せるのか、千影はやきもきしながら待っていた。

食事を終えた社員たちが食堂を後にしていく。陽汰と結野が席を立とうとした頃になって、ようやく貫井は姿を見せた。

どんよりと暗い表情の彼を見て、すかさず陽汰が声をかける。

「貫井さん！　今日は有休だったんですよね？　なんで、そんなに疲れ切ってるんですか」

返事をする気力もないのか、貫井が無言のまま席に着いた。

「……貫井さん？」

「どうかしたんですか？」

異変に気づいたのか、陽汰と結野が心配そうに貫井の顔を覗き込んでいる。

貫井は肩を落としたまま、事の顛末を二人に語った。陽汰も結野も神妙な顔つきで話を聞いている。

「どうしようもないですね、それは……」

結野は天を仰いでいる。

「彼氏いたのかぁ……」

陽汰は思わず頭を抱えた。

そのまま貫井を慰める会となり、結野は自室からアルコールを持ってきた。貫井はひたすら無言で飲酒している。

一度のヤケ酒で忘れられるものではないだろう。浅い傷ではないということは、こしばらくの彼の様子を見ていれば分かることだ。

翌朝になっても、貫井には元気がなかった。

覇気のない表情で、彼の周囲だけ空気が重苦しかった。食欲もないらしい。朝食を口にしないまま出勤したり、夕食にもほとんど箸をつけなかったりで、陽汰や結野を心配させた。

少しでも貫井に食べてもらえるよう、千影も献立に気を遣った。

食欲を刺激するように酸味を効かせたり、胃液の分泌を促進させる効果のある香味野菜を使ったりと工夫を凝らした。

・まろやかな酸っぱさのサーモンの南蛮漬け
・ハーブとレモンの爽やか魚介グリル
・たっぷり香味野菜の豚バラ冷しゃぶ
・香味野菜とカツオのたたき風サラダ

……等々。上記はすべてメインメニューで、もちろん副菜もこだわった。

見た目にも華やかな夕食の献立は社員たちにも好評で、それはよかったのだけど、肝心の貫井の箸の進み具合はあまり芳（かんば）しくない。

今日も帰宅してすぐに、貫井は自分の部屋に入ってしまった。

「貫井さん、食べないんですかね？　こんなにうまいのに、もったいないなぁ……」

陽太が大ぶりのホタテを頬張りながら、残念そうに言う。

「本当だね。こんなに豪華で美味しい夕食なのに」

結野が陽太の隣で、添えられたくし切りのレモンをぎゅっと搾る。今日のメイン料理は、魚介グリルだ。

◎今日の夕食

ごはん（白米）
ハーブとレモンの爽やか魚介グリル
酸味が美味しいミートボール入りトマトスープ
カリカリじゃこと油揚げの香味和え

◎ひとことメモ

ごはんとスープはおかわり自由です

「貫井さんが食べてくれないと、俺が太っちゃうんですけど」

ここしばらく、貫井が食べずに残った分は陽太が胃におさめている。本人は太る心配をしているようだけど、千影からするとそれは杞憂だと思う。もともと陽太は食欲旺盛でよく食べる。それなのに、驚くほどスタイルがいいのだ。

低身長の千影にとって、長身の陽汰は羨ましい存在だった。おまけに食べても太らない。ちょっと憎らしいくらいだ。

じっとりした目で陽汰を眺めていると、殻付き海老にかぶりついていた彼と目が合った。あまりにも『羨ましい』目線で見てしまっていたことに気づいて、千影はおたおたする。

視線をさまよわせていると、陽汰が口元を拭いながら立ち上がった。

そのままズンズンとこちらに向かってくる。そして、ダン！　と軽く音を立てて配膳台に両手を置く。

「そんなに悲しそうな顔しないで！　千影さんが作ったものは、全部俺が食べるから」

「……は、はい？」

陽汰は真剣な顔をしている。千影は嫉妬のまなざしで陽汰を見ていたのだけど、どうやら彼は別の意味に捉えたらしい。

「一生懸命に作ったものを食べてもらえないなんて、すごく悲しいと思う。でも絶対に残したりしないから、安心して。今日の魚介のグリルだってすごく美味しいよ！　魚介の旨味がぎゅーっと凝縮されてて、野菜も甘くてほくほくだし！」

きらきらした表情で力いっぱい見当違いなことを言う陽汰を、いい人だなぁと千影は思う。同時に、やっぱり羨ましいなという感情を抱く。こんな風に他人を励ますことは、自分にはできない。

「……ありがとうございます」

おそらく、陽汰には『せっかくこしらえた料理を食べてもらえずへそを曲げたまかない係』に見えたのだろう。あまりにも誤解が過ぎるので、なんだか力が抜ける。

「でも、このままだと体壊しちゃいそうで心配だな……」

結野の言う通りだ。

「貫井さんに『何が食べたいですか』って聞いたんだけどね、特にこれといって思いつかないみたいで。陽汰は貫井さんの好物とか、知らない？」

「魚介類が好きみたいです。でも、今日のメインでも食べる気力がわかないようなので、かなり重症ですね」

「そっかぁ……」

結野がしんみりしながらイカを口に入れる。

輪切りにして、オーブンでぎゅっと旨味が凝縮したイカ。白ワインとレモン汁とニンニクで味付けされ、香り豊かなハーブを纏った歯ごたえ抜群のイカ。

ふいに、懐かしそうに故郷の料理を語る貫井の姿が浮かんだ。

『富山では春から初夏にかけて、ほたるいかをよく食うんだよ』

この季節の富山を代表する料理、ほたるいかの酢味噌和え。

『新鮮だと茹でてもうまくて、ぷりぷりの食感が最高なんだ』

地元の慣れ親しんだ味なら、もしかしたら貫井は食べてくれるかもしれない。

『どんなに食欲のない日でも、あれだけは食えたなぁ』

そうだ。郷土料理には、人を元気にしたり笑顔にしたりする力がある……！

千影は、なんだか閃いたような気分になった。

少しでもいいから、食べて欲しい。元気になって欲しい。そんな風に思いながら、千影はそっと気合を入れた。

◆

富山湾には、毎年春になるとほたるいかの群れが現れる。

産卵のため、海岸近くまで大群が押し寄せるのだ。それぞれの体は青白く光り、幻想的なその様は富山の春の風物詩といわれている。

漁期が定められ養殖も困難であることから、獲れたてを味わえるのは春から初夏にかけて。新鮮なうちに茹でると絶品だという。

「身投げしているところを見たことがあるが、あれは神秘的な光景だったなぁ」

魚屋の主人が、ほたるいかを包みながら教えてくれる。『身投げ』というのは、産卵後のほたるいかが浅瀬に打ち上げられ、一斉に発光する現象だ。ほたるいかは、空気を含んだ海水を吐き出す際に「キューンキューン」という音を発する。まるで泣いているようにも聞こえて、切ない感じがするのだという。

千影は支払いを済ませ、ご主人に礼を言って杉野館に戻った。他に必要な材料はすでに朝市へ行って手に入れている。あとは、こしらえるだけだ。

ボイルしたほたるいか、酢味噌、それからワカメと分葱（わけぎ）を使う。

ワカメは水で洗ってから、水に浸して戻しておく。熱湯でさっと茹で、ざるに上げる。水気を切ってから食べやすい大きさにカットする。

分葱は根っこの部分を切り落とし、塩を入れた熱湯に投入する。このとき、火の通りを均一にするために根っこの白い部分から先に茹でることがポイントになる。白い部分がしんなりすれば、青い部分も鍋に落として様子を見る。

全体がくったりとなったら箸でつまんで鍋から取り出し、冷ましておく。分葱の粗熱をとっているあいだに、ほたるいかの下準備に取り掛かる。

ピンセットで目玉の部分を取り除き、げその部分にある口も取って綺麗にする。手間のかかる作業だけど、こうすることで食感がよくなるのだ。手間を惜しまず、一つ一つ綺麗にしていく。

ほたるいかの処理が終わったら、分葱もぬめりを取って切り分ける。ワカメとほたるいか、分葱を涼やかな硝子製の器に盛って、あとは酢味噌をかけるだけ。

富山の郷土料理『ほたるいかの酢味噌和え』の完成だ。

さっそく味見をする。箸でつまんだ途端、もうすでにプリプリした感触が伝わってくる。

そっと口に入れると、中はとろっとした食感で、酢味噌の風味とあいまってなんともいえない美味しさだった。ワカメと分葱もいい香りと歯ざわりを演出している。

「これなら、食べてもらえるかも……」

そう期待しながら、千影はいつものようにホワイトボードに献立を書き込んだ。

◎今日の夕食

ごはん（白米）
彩り野菜とスペアリブのオーブン焼き
ほたるいかの酢味噌和え
豆腐と三つ葉の赤だし

◎ひとことメモ

ごはんと赤だしはおかわり自由です

陽汰と結野は、食堂の入口に掲げられたホワイトボードを確認して、思わず顔を見合わせた。

それから、配膳台の奥にいる千影のほうに視線を向ける。じいっと真面目な顔で見つめられた千影は、小さく頷いた。彼らも同じように、いや千影よりも大きく首を縦に振って貫井の部屋に向かっていく。

どうやら千影の意図は伝わったらしい。

引きずってでも貫井を食堂に連れてくる、という気概を二人の後ろ姿に感じた。しばらくして、沈んだ顔の貫井が姿を見せた。

陽汰が、ホワイトボードを指さす。

少し面倒くさそうに顔を上げた貫井は、ホワイトボードを見て「あっ」という表情になった。

「貫井さん、早く食べないと陽汰がぜんぶ平らげちゃいますよ」

結野が茶化しながら貫井の背中を押して、一緒に食堂に入ってくる。

千影は硝子製の器に、ほたるいかの酢味噌和えを盛って配膳台に置いた。

「……どうぞ」

食べてもらえるのだろうか。千影は心臓をばくばくさせながら、じっと貫井の動向をうかがう。

「食欲がなくても、これくらいの量なら食べれるでしょ」

陽汰がいつもの明るい声で言う。

「……いただくよ」

ぽつりと貫井が言って、硝子製の器を手に取る。

(よかったぁ……)

全身の力が抜けたように、千影は大きく息を吐いた。本当によかった。少しでも食べて、元気になってくれたら嬉しい。

一人感激していた千影だけど、貫井は席に座ったまま食べる気配がなかった。

どうしたんだろう。やっぱり気が変わったのだろうか。きちんと調べて作ったつもりだったけど、何かおかしなところがあったのかもしれない。俯いている貫井の表情は、ここからではよく分からない。

心配になって様子を見ていると、こちら向きに座っている陽汰と目が合った。

『大丈夫』

そう、確かに彼のくちびるが動いた。

陽汰と同じ向きに座っている結野は、特に何事もなかったようにスペアリブを食べている。

わずかに洟をすする音が聞こえて、千影はハッとなった。

陽太が「大丈夫」と微笑んだ理由も、結野が何事もないように振舞っている理由もすべて分かった。

しばらくすると、貫井はほたるいかの酢味噌和えに箸をつけた。

「うまいなぁ……」

貫井が、途切れ途切れの声でつぶやいた。

「いつ食べても、どんなときでも。これは、うまいよ……」

貫井の肩は、小さく震えている。

陽太は、いつものように旺盛な食欲を見せていた。豪快にスペアリブにかぶりつき、かと思えば勢いよく白米を頬張る。結野も同じく、美味しそうに赤だしをすすっている。何も変わっていない。いつもの風景だった。

……いい仲間だな。

ここ数日、何度も同じことを思った。それでも、今また食堂のいつもの席にいる三人を見て、千影は改めて実感していた。

三　愛知(あいち)、味噌煮込みうどん

早朝、杉野館に出勤した千影は、てきぱきと朝食の準備を始めた。

今日から七月だ。月初めになると、心機一転という感じで、やる気がみなぎる。包丁で材料を切る音が、いつも以上にリズミカルな気がする。

千影が初めて包丁を握ったのは、親戚の家で暮らしていたときだった。

なんとなく手持ち無沙汰で「お手伝いをしたい」と申し出たのだ。好かれたい、邪魔者だと思われたくない、という心理が子どもながらにあった。

子どもにできることは限られていたから、洗濯物を畳んだり、食器を洗ったり、という簡単な家事を手伝っていた。

しばらくすると、包丁を握らせてもらえた。

緊張しながら、焼きそば用のキャベツを切った。大きさが均一にならず、失敗したのではと不安になったけど、出来上がった焼きそばは問題なく美味しかった。

食卓を囲みながら、皆が「焼きそば、美味しいね」と言って笑う。

心臓が、ドキンとした。

自分はただキャベツを切っただけなのに、褒められた気がした。嬉しくて、顔がにやけそうになった。

それからは、ますます積極的にお手伝いをするようになった。

好かれたい、邪魔者だと思われたくない、という感情はいつの間にか消えていた。

皆の笑った顔が見たかった。食卓に『美味しい』があると、自然に『笑った顔』もあって、それを作り出せることが嬉しかった。

気づいたら、将来は料理を作る人になりたい、と思うようになっていた。

食堂に入ってくる足音に気づいて、千影は視線を上げた。

「結野さん。おはようございます」

目をこすりながら、結野がやってくる。

「おはよう……」

ずいぶん疲れ切った顔をしている。

こういうときの彼は、たいてい徹夜明けだ。千影はコーヒーを淹れて結野に手渡した。

「ありがとう、千影ちゃん」

「どういたしまして」

結野はミステリー作家だ。本人曰く、兼業で細々と執筆しているらしい。

細々と、という割には、そこそこの頻度で徹夜をしている気がする。一睡もせずに朝を迎えると、いつもこんな風に疲れ果てた顔をしている。彼のやつれた表情を初めて見たときは少し驚いたけれど、今ではすっかり慣れてしまった。

「徹夜明けのコーヒーは沁みるなぁ」

ホットコーヒーをふぅふぅしながら、結野がぼうっとした顔で千影の手元を眺めている。やはり、一睡もしていないらしい。

「夏はアイスコーヒーのほうがいいですか？」

すっかり徹夜明けのコーヒー係になっている千影が、結野に確認する。

「うーーん、熱いほうがいいかな。香りがより感じられるから……」

力なく結野が答える。花にたとえると、しおれた状態だなと思いながら千影は手を動かす。男性を花にたとえるのはおかしいのかもしれないけど、結野にはそうさせる雰囲気がある。

「それにしても、すっかり夏だね」

彼の言う通り、先週あたりから急に気温が上がった。

夏は食材が傷みやすい時期だから、まかない係としては気を遣う。いつも以上にしっかりと手を洗い、消毒して、調理するときは中までしっかりと火を通すようにしている。調理器具は洗ったあと、しっかりと水気を取ることも大事だ。

特に、お弁当作りには細心の注意を払っている。一度冷凍したおかずは再度加熱して、冷ましてからお弁当箱に詰めるようにしている。

「ご飯やおかずを熱いまま詰めると、蒸気がこもって菌が繁殖してしまうんです。なので、必ず粗熱をとってから蓋をしています」

「そうなんだ」

お弁当を準備する千影の隣で、眠そうな結野が相槌をうちながら聞いている。

「……もうひと頑張りして、朝ごはん食べようかな」

右手で左肩をぐりぐりと刺激しながら、結野が言う。

今日、結野は有休を取っているらしい。徹夜明けの日はいつもそうだ。

「お弁当、結野さんの分も置いておきますね」

「うん、ありがとう」

そう言って、結野は自室へと戻っていった。

株式会社ワカミヤでは、兼業が認められている。入社する際に千影も説明を受けた。若い人材を一人でも多く確保するためだと聞いて、昨今の人手不足の深刻さを知った。

結野が部屋に戻ったあと、千影は黙々と手を動かし、お弁当用のおかずをこしらえた。暑い季節を乗り切るためにも、美味しく食べられて、栄養があるもの。季節の食材をたっぷり使ったレシピにしたい。

・ピーマンと豚バラのにんにく味噌炒め
・茄子の甘辛照り焼き
・ゴーヤとツナの梅マヨ和え
・ズッキーニの肉巻き
・夏野菜の焼きびたし
・ひんやりトマトの出汁漬け

お弁当のおかずのメインは、ピーマンと豚バラのにんにく味噌炒め。ご飯によく合うスタミナ満点メニューだ。副菜は、茄子の甘辛照り焼きとゴーヤとツナの梅マヨ和えにする。

まず、始めにご飯をお弁当に詰める。それから大葉を仕切りとして使い、おかずを入れていく。メインをどどんと多めに、副菜で隙間をうめるようにする。見栄えよく詰めていくのがポイントだ。

ズッキーニの肉巻き、夏野菜の焼きびたし、ひんやりトマトの出汁漬けは、作り置きとして冷蔵庫へ。夕食の副菜として使ったり、明日以降のお弁当のおかずになったりする。

早朝は仕事がはかどる。特に夏場は、この時間帯に火を使う仕事を済ませておくと、気持ちが楽になる。

粗熱が取れたことが確認できたら、お弁当に蓋をしていく。

お弁当箱は、飛騨春慶（ひだしゅんけい）を使用している。会社から支給されたものだ。飛騨高山の伝統工芸品で、透漆（すきうるし）と呼ばれる透明感のある美しい色合いが特徴の漆器だった。

実際に手に取ったとき、艶やかさに感動した。

使用するのをためらうほどの美しさだったけれど、使えば使うほど艶やかさが増すと知り、傷をつけないように留意しながらも、こしらえたおかずをぎゅぎゅっと詰めている。

飛騨春慶のお弁当箱に詰めることで、まるで料亭で出されるような料理にランクアップする気がして、毎日気分がいい。ピーマンと豚バラのにんにく味噌炒めも、茄子の甘辛照り焼きも、ゴーヤとツナの梅マヨ和えも、なんだかとっても美味しそうだ。

千影は自分がこしらえたお弁当に満足しながら、一つ一つ清潔なクロスで包んでいった。

夕方、幾分涼しくなった頃になって仕事が一段落した。千影はいつものように、ホワイトボードに献立を書き込んだ。

◎今日の夕食

冷やしすだちうどん
鯖(さば)のみぞれ煮
タコの唐揚げ
ひんやりトマトの出汁漬け

◎ひとことメモ

うどんのおかわりあります

今朝作ったトマトの出汁漬けと、残りの三品は半夏生(はんげしょう)に相応しいメニューになった。何が相応しいのかというと、タコと鯖とうどんは、この時季に食べるとよいとされているものなのだ。

半夏生は雑節の一つで、かつては七月二日頃から七月七日頃を指し、農家にとっては田植えを終わらせる目安だった。そのため、豊作祈願などと絡めた食の風習が各地に残っている。

食堂にある大きなカレンダーに『半夏生』という文字を見つけたのは、昨日のこと。即刻メニューに活かされるのは、日々の献立に苦心している証拠でもある。

鯖は本来、焼き鯖がいいらしい。若狭地方では脂ののった鯖の丸焼きを食する文化があるのだと、朝市で馴染みの店主に教えてもらった。

「でも、大根をそろそろ使いたかったしなぁ……」

食材は最後まで使い切るのが節約の基本だ。そういう事情があり、鯖は『みぞれ煮』となった。ホワイトボードを掛けようとして、一瞬考えてから『鯖』のところを書き直すことにした。

カタカナで『サバ』と書いてから、改めてホワイトボードに掛ける。

「これでよし」

うん、と千影が頷くと、背後から声がした。

「お前のために、わざわざ書き直してくれてるぞ」

「俺ですか？　サバくらい、ちゃんと読めますよ！」

呆れた顔で陽汰を見る貫井と、それに反論する声。帰宅したばかりの名コンビが、ホワイトボードを覗き込んでいる。

「お、おかえりなさい」

「千影さん、ただいま！」

「今日はまた、ぴったりなメニューだな」

ホワイトボードを見ながら、貫井がぼそりとつぶやく。

「貫井さん、半夏生にタコとか鯖を食べるってご存知なんですね」

「……普通に皆、知ってるんじゃないか？」

意気消沈していた貫井は、すっかり立ち直ったように見える。本当のところは分からないけれど、少なくとも食事を抜いたり、暗い顔をしたりすることはなくなった。

「いやいや知らないですよ。やっぱり貫井さんって物知りですね。年の功だなー！」

「年の功……？」

「おばあちゃん的な知識っていうんですか？　俺は皆無なんで、すごいなって思います」

陽汰自身は褒めているつもりなのだろうけど、貫井はそう受け取らなかったらしい。軽く後頭部を叩かれ、陽汰は口を尖らせる。

「せっかくすごいですね、って言ってるのに……」

「馬鹿、褒め言葉になってないんだよ」

「それは貫井さんが捻くれてるからですよ！」

二人のやり取りを微笑ましく思っていると、結野が自室から顔を出した。

「もう夕飯の時間かぁ」

体をぐいぐいと伸ばしながら、今日のメニューを確認している。

「うわぁ、どれも美味しそうだな」

「座ってるだけなのに腹って減るんですか？」

お腹をさすりながら言う結野に、陽汰が声をあげる。

「頭を使うから減るよ。書くって意外に体力を使うし」

「そうなんすかー！」

笑顔で納得する陽汰の隣で、貫井が小さくため息を吐く。

「お前、マジで言葉には気を付けろよ」

「何がですか？」

「『座ってるだけなのに』とか、神経質な奴なら気に障るぞ。働いてないのに飯を食う気かって意味にも取れるし」

「え？　別に働いてなくても食べていいですよね？　貫井さんだって普通に休みの日に食べてるじゃないですか」

「……いや、そういう意味じゃなくて」

眉間に皺を寄せ、貫井は適切な言葉を探している。

「まぁまぁ。たとえ神経質な人間でも、陽汰の人柄を知ったら怒る気もしなくなりますよ」

苦笑いしながら、結野が声をかける。

「悪気のない奴が、一番厄介なんだよな……」

そう言いながら、貫井が食堂に入っていく。

確かにその通りだと千影も思うけれど、陽汰の場合、本当に憎めないタイプだからすごいと思う。いつも元気で、いつでも一生懸命なのだ。最近、新しく仕事を任されたらしく、ときどき残業をするようにもなった。

もちろん、遅くなる日は連絡をくれる。

「仕事を任せてもらえるのは嬉しいです。いつまでも新人のままじゃダメだし」

にこにこと笑う姿がまぶしい。

毎日、張り切って仕事に向かう姿を見ると、自分も頑張ろうと思える。生き生きと働いている人を見ると、やはり気持ちがいい。

配膳台でうどんが入った器を準備していると、結野が「わぁっ」と声をあげた。

「すごい！　涼やかで美味しそうだね」

冷やしうどんは、薄い輪切りにしたすだちを器いっぱいに散らしている。ほとんど麺が見えないくらいだ。香りも爽やかで、夏にぴったりのメニューになった。

「トマトの出汁漬けもさっぱりして美味しそうだし、タコの唐揚げも食べるのが楽しみだな」

結野が、普段よりも旺盛な食欲を見せる。もしかしたら、副業のほうがワカミヤでの勤務よりもハードなのかもしれない。

「タコの唐揚げはぜったいにうまいですよ！　俺、タコは唐揚げがいちばんうまいって思ってますから！」

トレイを持った陽汰がうきうきしている。

「酢の物もうまいだろ。きゅうりとわかめが入ったやつ」

横やりを入れるように貫井が言う。

「でもさ、タコといえばタコ焼きじゃない？　千影ちゃんはどう思う？」

いきなり結野に話を振られた。千影は少し考えてからぼそぼそと、タコといえばこれだと思うメニューを口にした。

「……私は、玉子焼き（たまごや）きだと思います」

「ん？」

「え？」

「なに、たまごやき？」

三人が同時に千影の顔を見る。皆に困惑の表情をされ、言葉足らずだったと悟る。

「あ、えっと、関西のほうの食べ物です。明石焼き（あかしや）きっていうんですけど、玉子焼きとも呼ばれていて。見た目はタコ焼きに似ています」

明石焼きは、小麦粉とじん粉、卵を混ぜた生地にタコを入れて銅製の器具で焼いたもの。兵庫（ひょうご）県明石市の郷土料理だ。見た目はタコ焼きに似ているけれど、ソースではなくだし汁につけていただく。

あつあつの出汁に、とろっとした玉子焼きを入れて食べる。ほっこりと優しい味にいつも感動していた。伯母が営むお好み焼き店で、裏メニューだったけれど人気の一品だった。

伯母の店があるのは大阪で、もともと明石焼きがあったわけではなかった。お客さんにリクエストされて作るようになったのだと、伯母から聞いた記憶がある。

「千影さんって、大阪が故郷なんですか」

少し驚いたように陽汰が言う。

「なんとなく、イメージが違うなぁ」

じいっと覗き込むように陽汰に見られて、なんだか居心地が悪くなる。彼は常にきらきらとした空気を放出している。正反対の千影にとっては、それが苦しくなるほどまぶしく感じる。

「いつも標準語をしゃべってるからかな」

まじまじと観察するように千影を見ながら、陽汰が微笑む。

千影は長い間、大阪で暮らしていたわけではない。伯母に引き取られるまでは親戚の家を転々としていた。だから大阪の言葉が自然に出るのは、同じ大阪の人間と話をするときだけだった。

そのことを、なんとなく彼らには、特に陽汰には言えないと思った。きらきらした空気には、重苦しい雰囲気は不釣り合いだ。

「大阪を出てから、ずっと標準語なので……」

誤魔化すようにそう言って、千影は配膳台で準備のために手を動かし始めた。

◆

七月下旬のある日のこと。いつものように食堂で夕食の準備をしていると、メッセージアプリに反応があった。

『仕事で遅くなるので夕食はいらないです』

簡潔なメッセージが届いていた。送信元の相手を確認して、了解です、と返信しようとした手が止まった。

メッセージを送ってきたのは、陽汰だった。

端的な文言に少しだけ違和感を持った。彼のメッセージにはいつも、連絡事項に加えて「お疲れさま」とか「今日のメニューって決まってる?」とか、一言付随するものがあった。そしてたいてい、キャラクターが動く可愛らしいスタンプがついているのだ。

忙しくて、今日は珍しく簡潔な文章になっただけ。きっとそうなのだろうと思いながらも、妙に気になった。

定時を過ぎると、仕事を終えた社員たちが次々と寮に戻ってくる。千影は配膳台で二種類の小鉢の準備に追われていた。

八角形のモダンな器には、きゅうりとトマトとクリームチーズのわさび醤油和えを。縁が山なりになった花型の食器には、粗くつぶしたポテトが美味しいタラモサラダを盛る。

◎今日の夕食

ごはん（白米）
スパイシー唐揚げ
きゅうりとトマトとクリームチーズのわさび醤油和え
ごろごろポテトのタラモサラダ
わかめと長ネギの味噌汁

◎ひとことメモ

ごはんと味噌汁はおかわり自由です

せっせと準備しながら、社員たちが各自でよそうごはんの量を確認する。

今日はなんといっても唐揚げの日。スパイシーかつジューシーな唐揚げは、ごはんが進むこと間違いない。ほかほかのごはんと、ざくざくスパイシーな唐揚げの相性は抜群だ。

ごはんの量は、調節が難しい。

杉野館で働き始めてすぐの頃は、ごはんが足りなくなるという失敗をしてしまった。おかずによって白米の消費具合が違うということを、そこまで理解していなかったのだ。若い男性社員の食べっぷりを侮っていたともいえる。

大急ぎで炊いて、そのたびに窮地を脱したけれど、毎回冷や冷やしていた。

最近は、その失敗はない。成長したといえるかも……と密かに思っている。

千影の予想通り、多めに炊いていたはずのごはんがものすごいスピードで減っていく。新たに炊いたほうがよさそうだと判断して、千影はすぐに土鍋で炊飯を開始した。もりもりと唐揚げとごはんを頬張る社員たちの様子を見て、唐揚げを登場させる頻度を高くしようと決意する。

食べ終えた社員たちは、自室へと戻っていく。食堂から喧噪が消える頃になって、貫井と結野が揃って寮に戻ってきた。

「ただいま……」

「戻りました」

二人とも、声に張りがない。表情にも疲労が滲んでいる。

「遅くまでお疲れさまです。あの、何かあったんですか?」

結野が「それが……」と気まずそうな顔をしながら、隣の貫井を見る。

「……企画広報部の仕事を手伝いに行ってたんだ」

貫井がため息を吐きながら、肩に掛けていた通勤バッグを下ろす。

企画広報部は、陽汰が所属する部署だ。

「応援要請があってね。俺のいる総務部から何人か駆り出されたし、貫井さんの品質管理部からも数人は来てたかな」

「……企画広報部の繁忙期って、なんだかイメージが湧かないんですが」

千影の言葉に、貫井が「違う」と首を横に振る。

「繁忙期とかじゃない。陽汰以外の企画広報部の人間が全員、退職したんだ」

「え……?」

突然のことで、理解が追い付かない。

「……退職届が一斉に送られてきてね」

「陽汰さん以外の全員……?」

「いや、もう一人いた。陽汰と企画広報部の責任者以外の全員だな」

貫井が、ふぅっと大きく息を吐く。

「今日陽汰さんから連絡があって、遅くなるって。まさか、そんなことになっていたなんて……」

違和感を覚えた、簡潔な文章を思い出す。

「一緒に帰ろうって声をかけたんだけどね。もう少し仕事を終わらせてから帰るって聞かなくて」

結野の疲れた声に「示し合わせてるだろうな、あれは」という貫井の声が被さる。

「……でしょうね。タイミングがぴったりだし」

「辞めるのは自由だが、一斉にってことをやるのはナシだろ。残される奴のことを少しは考えろよな」

貫井が静かに怒っている。常識的にというよりは、もしかしたら個人的な感情かもしれない。コンビの片割れである陽汰を思ってのことだろう。

心身ともにダメージを受けているように見える二人に、千影は声をかけた。

「夕食、召し上がりますか？　メインは揚げ物なんですけど……もし、食欲がないようならあっさりしたもの……たとえば雑炊とかならすぐに作れますけど」

残っている食材を頭の中で思い浮かべて、貫井と結野に提案する。だって、どう見ても食欲がなさそうなのだ。

「そういえば、ホワイトボード確認するの忘れたな……揚げ物って、コロッケとか？」

配膳台の奥を覗き込むようにしながら問う貫井に、千影は「いえ、唐揚げです」と答える。

「唐揚げ……？」

ピクリと貫井が反応する。

「スパイシーでザクザク食感の唐揚げです」

胃には優しくない献立だ。

「食う」

貫井が即答した。結野も大きく頷いている。

「食欲がなさそうだなと思ったんですけど……大丈夫ですか？」

心配する千影をよそに、席についた二人はスパイシー唐揚げにかぶりつく。

「平気だよ。というか、食欲がなくても唐揚げは食べるよ」

「むしろ、食欲がないときこそ唐揚げだ」

「そ、そういうものですか……」

唐揚げとごはんをがつがつ食べる二人を見て、やはり献立に登場させる頻度を高めようと思った。

一斉退職に至った理由は、どうやら企画広報部の責任者が関係しているらしい。

「一言でいうと、パワハラだね」

　タラモサラダに箸をつけながら、結野が言う。

「前々からそういう噂はあったみたいだけどな。傍若無人の女上司って、社内でも有名だったし」

　ため息を吐きながら、貫井が付け足す。

「……陽汰さんは、その女性の上司と問題なく仕事ができていたんですか？」

　千影が訊ねると、結野は「超が付く体育会系だからね、陽汰は」と口をもぐもぐしながら答える。

「学生時代は有名なスポーツ強豪校に通ってたみたい。多少は理不尽なこととかもあったみたいだね。今時だと、珍しいかもだけど。それで麻痺してる部分があったんじゃないかな」

「上の立場の奴が自分勝手なのは当然で、高圧的に命令されるのも当たり前。声が大きいのは元気な証拠、くらいにしか思ってなかったらしいぞ」

「そ、そうなんですか。強いですね」

　明らかなパワハラ行為を平然と受け流せる陽汰はある意味すごい。

「強いというか、鈍感というか、ズレてるんだあいつは」

　貫井は呆れた表情だ。

「だから一斉退職のメンバーから漏れちゃったんだろうね。まぁ、誘われても乗らなかったと思うよ。辞めるなら自分一人で辞めますって言うタイプでしょう」

結野がそう言いながら、ごちそうさま、と手を合わせる。

貫井も食べ終えたらしい。食器をまとめて配膳台に置いている。

夕食は彼らが一番最後だった。土鍋を確認すると、ごはんが少しだけ残っていた。唐揚げも小さいのが二つだけある。

千影は二人が部屋に戻ったあと、残ったごはんと唐揚げでおむすびを作ることにした。陽汰の分だ。夕食は不要と言われたので、小腹が空いていたら軽く食べられるくらいの、小ぶりのおむすびにする。

まずは、唐揚げをカットする。だいたい一センチから二センチ程度の角切りにして、マヨネーズとしょうゆと和える。さっぱりとするように、刻んだ大葉も加えた。

お茶碗の中にラップを広げて、ごはんを半分だけ入れる。中央に具を置いて、その上から残りのごはんをのせる。ラップで包み、優しく握りながらおむすびの形を整えていく。

まだ陽汰が帰宅する気配はない。

今、彼がどんな気持ちで仕事をしているのか千影には分からない。どういう労わりの言葉がふさわしいのかも、分からない。それは千影が今まで、他人と関わることを避けてきたからかもしれなかった。

小ぶりの三角おむすびを配膳台に置く。それから、メッセージアプリで陽汰あてにメッセージを入れた。

『夕食の余りで作ったおむすびがあります。よかったらどうぞ』

あえて『余り』という文言を入れたのは、夕食は不要と連絡をくれた陽汰に気を遣わせないためだった。わざわざ材料を準備してこしらえたわけではなく、残っていたから作っただけ。その程度に思ってもらえたらいい。

◆

翌朝、スマートフォンのアラームで目を覚ました千影は、陽汰からメッセージが届いていることに気づいた。

ごしごしと眠い目をこすりながら、アプリを確認する。

『千影さんありがとう！　美味しかった～！』

短い文章だけれど、なんとなく元気な陽汰の姿が想像できる。千影は嬉しくなって、勢いよくベッドから出た。ぐいぐいと体を伸ばし、軽く体操をする。そうするとしゃっきりと目が覚めるのだ。

出勤して朝食の準備をしていると、陽汰が一番に起きてきた。

「おはようございます。あの、昨日は遅くまでお疲れさまでした」

「ありがとう。ちょっと大変なことになって……貫井さんと結野さんから聞いてる？」

「……はい」

「しばらくは、残業続きになると思う。何時に帰れるか分からないから、俺の分の夕食はなしでいいです」

ネクタイをきっちりと結びながら、陽汰が言う。

今にも出勤しようとする陽汰に、千影は慌ててお弁当を手渡す。

「あの、よかったら今日もおむすび作っていいですか」

「嬉しいけど、俺の分だけ作るの面倒じゃない？　仕事を増やすみたいで申し訳ないんだけど……」

「おかずとごはんが余ったら、なので……それに、手間はかからないです。握るのは一瞬です」

両手でそれぞれ山を作り、ぎゅっぎゅっとおむすびを握る仕草をする。一瞬で握れるので手間はかからない、という事実を伝えたかったのだけど、無表情でぎゅっとする千影の姿が面白かったのだろう。陽汰は一瞬だけきょとんとしたあと、豪快にふき出した。

おむすびを握る素振りをしただけなのになぁ……と、無表情のまま千影は思う。

「あーー、なんか元気出たなぁ」

笑いすぎて、陽汰は涙目になっている。

おむすびを握る姿を見るだけで元気が出るなんて、陽汰は変わっている。貫井が言っていた「ズレてるんだあいつは」という言葉を思い出して、今さら納得する。

「今日の夕食はエビチリなので、エビチリおむすびになる予定です。天むすに近いイメージです」

そう言いながら、千影はぎゅっぎゅっと両手で握る動作を試みる。もちろん無表情で。無表情が千影の平常運転なので仕方がない。

それを見た陽汰は、またしても笑い出した。腹を抱えながら「行ってきます」と言って、出勤していった。

夕食の献立は、陽汰に宣言した通りエビチリだ。

◎今日の夕食
ごはん（白米）
ふんわり卵のエビチリ
ミニトマトのマリネ

きゅうりの味噌マヨディップ
肉団子が入ったわかめともやしの中華スープ

◎ひとことメモ

ごはんとスープはおかわり自由です

ふっくら卵を入れてボリュームアップしたエビチリは、マイルドな辛味が食欲をそそる。調味料を合わせて、ふっくら卵とささっと炒めると、今日のメインの完成だ。そのエビチリのエビをごはんで握る。エビは薄く衣をつけて揚げているので、天むすのイメージに近い。三角おむすびの形に整えながら、エビが頂上で顔を出すようにする。

あとは海苔を巻くだけ。天むす風エビチリおむすびの出来上がり。

そんな風にして、千影は毎日せっせとおむすびをこしらえた。

牛肉の甘辛炒めがメインの日は、コーンを足してバター風味のおむすびにした。ベーコン入りピラフの日は、にんにくが強めのアレンジを施して、ガーリックライス風おむすびに。炊き込みご飯の日は、鶏五目おむすび。ごはんしか残らなかった日は、棚の奥に転がっていたツナ缶でツナマヨおむすびを作った。

陽汰が所属する企画広報部には、他の部署から臨時で社員が配置されたらしい。

補填された社員たちでなんとか急場を凌いでいると、陽太からのメッセージで知った。相変わらず、彼は連日遅くまで働いている。

夏の盛りになっても状況は変わらなかったけれど、しばらくすると帰宅時間が早くなった。途中入社してきた社員たちも仕事に慣れ始めたようだった。

結局、女性上司は退職したらしい。

「当然だろう。パワハラをしてたわけだから」

夕食のガパオライスを食べながら、貫井がぴしゃりと言う。

「パワハラがダメなのは当然だけど。寮を作ったり副業を認めたり、会社としては社員たちの労働環境をよくしようとしてるわけだからね……会社の思惑と正反対のことを責任者がしちゃったんだから、そうなるのも仕方ないよ」

結野の口ぶりからすると、促されての退職だったのだろう。

「これからは企画広報部の社員も気持ちよく働けるだろうし、陽太もほぼほぼ残業はなしで帰れるようになったし、ひと安心だね」

「あいつ、もうすぐ退勤できるみたいだな」

貫井がスマートフォンを確認している。陽太から連絡があったのだろう。

土鍋のごはんの量をちらりと見て確かめる。食いしん坊の陽太が食べることを考えても、十分な量が残っている。今日はガパオライスなので、大皿にごはんを盛る形で提供している。

◎今日の夕食

大葉たっぷりガパオライス風ごはん～目玉焼きのせ～
焼きなすの香味タレ漬け
たたき梅ごぼう
豚肉ともやしのゴマ入りピリ辛味噌スープ

◎ひとことメモ

ごはんとスープはおかわり自由です

タイ料理の定番でもあるガパオライスは日本でも人気で、千影自身も大好きな料理だった。ナンプラーの風味が食欲そそる、手軽に作れてやみつきになる一品だ。

そういえば初めて作ったとき、千影はあることに引っ掛かった。

ガパオ、というのはハーブの一種で、つまりガパオという食材が入った料理ということになる。

けれども、実は日本で食べるガパオライスにガパオは入っていない。

ガパオの葉は、タイホーリーバジルと呼ばれるシソ科の植物だ。簡単には手に入らないため、日本のガパオライスはバジルで代用されている。

初めて知ったときは驚いた。その場合、バジルライスでは……？　と思ったりもしたけれど、東京にある本格タイ料理店でもバジルを使っているらしいと知り、そういうものか、と自分を納得させた。

千影は今日、バジルではなくたっぷりの大葉で代用した。朝市で束になって安く売っているのを見つけたのだ。大葉を入れるとさっぱりして、隠し味のように少量入れるナンプラーとの相性もいい。

ガパオライスにガパオが入っていないことは、大したことではない。細かいことにこだわりすぎたなぁ、と過去の自分を振り返っていると、もりもりと食べていた貫井が手を止めた。

「いや、そこはこだわるだろ。ガパオライスにガパオは入ってない？　そんなことってあるか？」

納得がいかない、という顔をする貫井に「以前は、私もそう思ってました」と、千影は頷く。

「今は割と受け入れてます」

「駄目だろ、納得したら。というか、俺が今食べてるのはなんだ？　ガパオは入ってないんだよな？」

眼鏡を押し上げながら、貫井が怪訝な顔をする。

「ガパオは入ってません……実は、完全に納得したわけではないので、ホワイトボードには『ガパオライス風ごはん』と書いています」

ガパオライスではなく、ガパオライス風ごはん。なかなかに諦めが悪いなぁと自分でも思う。

「あ、ほんとだ。ちゃんと『風』ってなってる」

ホワイトボードを眺めながら、千影のささやかな抵抗を結野が確認する。

「まぁ、それならいいか……うまいしな……」

半熟の目玉焼きにスプーンを入れ、炒めたひき肉とごはんとを一緒に口に運んだ貫井が、腑に落ちたようなそうでないような、微妙な顔をしながら言う。

貫井の表情を見て、結野がおかしそうに笑う。つられてふっと表情が緩みそうになったとき、食堂の入口から陽太の声がした。

「それならいいって、なんの話ですか？」

「ガパオライスの話」

結野が、笑いながら陽太に反応する。

「ガパオライスにガパオが入ってないって知ってたか？　詐欺みたいな話だと思わないか？」

貫井に畳みかけられた陽汰は、ネクタイを解きながらポカンとした顔になる。

「えっと、俺はそもそもガパオライスというのを知らないんですけど……」

「やっぱり、ズレてやがるな」

貫井が横目で陽汰を見る。

「鶏ひき肉と赤ピーマンと玉ねぎを炒めたものです。タイ料理の定番なんです。ナンプラーが少し入ってますけど、日本人好みの味付けにしているので食べられると思います」

ごはんを盛るための大皿を手渡しながら、千影は陽汰に説明する。

「目玉焼きが付いてます。半熟からかためまで選べますが、どうしますか？」

「じゃあ、半熟でお願いします」

ごはんをよそいながら、振り返って陽汰が言う。

「わかりました」

フライパンを熱して、油をひく。卵を割ってフライパンに落とすと、ジュッといい音がした。

「それで、ガパオっていうのは何なんですか？」

卵の黄身をくずしながら、陽汰が問う。

「ハーブの一種です。タイホーリーバジルとも呼ばれています」

答えながら、千影は既視感を覚えた。

「……その、ほーりー？　バジル？　が入ってるんですか？」

「入ってません」

「え？」

スプーンでガパオライスをすくい、口に入れる寸前で陽汰の動きが止まる。

「代わりに大葉を入れています」

ひと口食べた陽汰は「美味しい」と言って、パッと表情を明るくさせた。

「あ、だからホワイトボードに『風』って書いてあったんですね」

「そもそも日本のガパオライスにはガパオが入ってないんだけどね」

「どういうことですか？」

結野の一言に、陽汰が訝しむ。

「だから、詐欺みたいな話だと言ってるんだよ」

一足先に食べ終えた貫井が、これまでのやり取りを陽汰に説明する。

「ガパオが入ってないのにガパオライス⁉　そんなのってアリですかっ⁉」

思わず立ち上がって陽汰が叫ぶ。誰よりも納得がいかないといった表情で、大皿のガパオライス風ごはんを見つめている。

「納得いかないだろ？」

「いきませんよ！」

「貫井さん、さっき納得してませんでした？」

「してないぞ！　今日の『風』には得心がいったけどな。日本のガパオライスにはまだ憤ってる‼」

「日本のって……いや、どういう立ち位置で怒ってるんですか！」

ぎゃあぎゃあと騒ぐ三人を見ながら、千影はにんまりとする。表情を変えるのが下手だから、実際には無表情のままかもしれない。けれども心の中ではものすごくにんまりしている。ほっこりして、あたたかくて、ついニコニコしてしまう気持ち。

三人の顔を見ると、それぞれがいい表情をしている。一人のときより、二人のときより、ずっといい顔をしていると思う。

騒がしい、いつもの風景が食堂に戻った。千影はにんまりとしながら、明るい彼らの表情を見ていた。

◆

杉野館の玄関脇には、朝顔の鉢が置かれている。朝市の馴染みの店で種をおまけしてもらい、千影が種を撒いたのは梅雨になる前のことだった。

夏の日差しのおかげで、朝顔の蔓はぐんぐんと伸びている。夕方に水をやるのは、いつもこの時間。陽が落ちてからだ。

ついこの間可愛い芽が出たばかりと思っていたのに、気づくと黒い出格子に蔓が器用に絡まっていた。今では、もうすっかり立派な緑のカーテンになっている。

水やりを終え、中に入ろうとしたとき、向こうから歩いてくる陽太に気づいた。

「おかえりなさい」

「戻りましたー！」

陽が沈んだとはいえ、まだ蒸し暑さが残る時間だ。陽太はハンカチで汗を拭っている。

「そろそろ咲きそうですね」

陽太がまじまじと朝顔の蕾を観察している。

「どうやら、青色の朝顔みたいです」

朝顔の蕾がわずかに綻んで、花の部分が確認できる。

「もしかして、花の色が分からないまま育ててたんですか？」

「おまけしてくれた店主の方に、一応は聞いてみたんですけど。よく分からないと言われまして……たぶん、青か紫か……もしかしたら白かもしれないって」

「なんだそれ。いい加減だなぁ」

　表情を緩める陽汰を見て、千影は安心した。同時に、なんとなく違和感を覚えた。元気がないように思うのだ。

　そんな風に思うようになったのは、つい最近のこと。

　残業続きの毎日が終わって、ようやく落ち着いたと思ったはずが、どういうわけか陽汰に覇気がない。

　夏バテだろうか、と考えたこともあったけれど、食欲が落ちている様子はない。変わったことといえば、やたら濃い味を好むようになった。以前にも増して、こってりした脂っぽい献立を好むようになったのだ。

　夕食を先に終えた陽汰は、持ち帰った仕事があるとかで、貫井や結野よりも先に自室に戻っていった。

　食堂を出ていく彼の背中を見届けた千影は、思い切って貫井に訊いてみた。あくまでその気がする程度なのだけれど、と付け加える。

「陽汰の元気がない？　気のせいじゃないか？」

　ホッケの塩焼きに箸をつけながら、貫井がきっぱりと答える。

「そうでしょうか……」

「そうだよ」

　ていねいに骨と身の部分を分けながら、貫井が『元気ない説』を否定する。

「千影ちゃんは、どうしてそう思うの？」

桜えびと玉ねぎのサラダをもしゃもしゃと食べながら、結野が千影を気遣ってくれる。

「なんとなく、そう思うんです。声のトーンとか、ふとした表情とか……」

「うーーん、そういえば、そんな気もするかなぁ」

「夏バテじゃないか？」

「ご飯を食べる量は変わってないんです。今日も豚汁をおかわりしていましたし……」

「だったら、元気だろう」

豚バラ肉と根菜がたっぷり入った豚汁を、もりもりとおかわりしていた。ちなみに今日の献立は、貫井に食べたいものを聞いて参考にさせてもらった。

◎今日の夕食

ごはん（白米）
ホッケの塩焼き
茄子の煮びたし
桜えびとスライス玉ねぎのさっぱりサラダ
具だくさん豚汁

◎ひとことメモ
ごはんと豚汁はおかわり自由です

「最近、献立に行き詰まって皆さんに食べたいものを聞くことがあるんですけど」

「うん、今日は貫井さんに聞いたんだよね？　ホッケすごく美味しいよ。身がホクホクしてて、俺も好きだなぁ」

結野が子どもみたいにニコニコしながらホッケの塩焼きを口に運んでいて、思わず癒される。

「ありがとうございます……それで、陽汰さんにも聞いてみたんですけど。やたらメニューが脂っこいというか、濃い味をリクエストされまして」

「若いからじゃないか？」

陽汰と割と年の差がある貫井は、年齢説を唱える。

「それにしても、行きすぎなような気がして……」

「たとえば、どういうメニューなの？」

結野に促され、陽汰からリクエストされたメニューを思い出しながら羅列してみる。

「えっと、チャーシューの脂身多めの丼ぶりとか、背脂まみれの油そばとか、ベーコンとにんにく多めでアヒージョ並みにオリーブオイルたっぷりのペペロンチーノとか、濃厚なデミグラスソースをさらに煮詰めて濃くしたソースをかけたハンバーグとか……」

「聞いてるだけで喉が渇くな」

　思わず貫井が顔を顰める。

「とにかく味が濃くて、脂っこいものを欲するみたいなんです」

「それって、もしかしてエンドルフィンじゃないかな?」

　のんびりした口調で結野が言う。

「エンドルフィン?」

「なんだそれは」

　千影と貫井の声が思わず合わさる。

「脂と塩が幸せホルモンを呼ぶらしいんですよ。その幸せホルモンをエンドルフィンっていうみたいなんですけど。脳内麻薬の一種で、疲れとかイライラを軽減させてくれるみたいですね」

「疲れとか、イライラですか……」

「今の企画広報部はさ、とりあえず人員は集めたものの、陽汰の負担は大きいんじゃないかな?　彼なりに気を遣ったり、人知れず頑張ったりしてるのかもね」

　結野の言葉を反芻する。そういえば今日、貫井や結野を置いて先に自室に戻ったのは、持ち帰った仕事をするためだ。

「まぁ、それはあるかもな。もしくは、少し落ち着いた今になって、どっと疲れが出た可能性もあると考えられるぞ」

「とにかく、陽汰にとって今が、ちょっとしんどい時期なのは間違いないだろうね」

「社会人やってりゃ、必ずそういう時期があるもんだ」

「そういう、ものですか……」

こういうとき、社会人の先輩である貫井の言葉は説得力がある。

「しばらくしたら、また元気になるだろ。あのときは大変だったなって、後になって笑い話になるのがほとんどだから」

貫井にも、そういう経験があるのかもしれない。

陽汰が元気になるまで、濃い味のこってりメニューを作って応援しよう。幸せホルモンのエンドルフィンで、彼にエールを送るのだ。

もちろん、健康のために行きすぎないようにする。拳を小さくぎゅっと握りながら、千影は健康に配慮したこってりメニューを考え始めた。

◆

「揚げものとタルタルで高カロリーコンビなのに、さっぱりしてるね。やっぱりレモンのせいかな?」

結野がイカフライを頬張りながら、千影のほうを見る。今日の夕食のメインはイカリングフライ、レモンタルタルソース添えだ。

◎今日の夕食
ごはん(白米)
イカリングフライ~レモンタルタルソース添え~
トマトと豆腐のカプレーゼ
ミートボール入り野菜のコンソメスープ

◎ひとことメモ
ごはんとスープはおかわり自由です

「マヨネーズを減らして、ヨーグルトを足してタルタルソースを作っているので。そのせいかもしれません」

「その割にコクがあるな」

小皿に盛られたタルタルソースをじっと観察しながら、貫井が言う。

「玉ねぎの代わりに、らっきょうの甘酢漬けを使ってみました。マヨネーズを減らしても、コクのある仕上がりになるかと思って」

らっきょうの甘酢漬けは、細かく刻んだものをたっぷりと入れた。おかげで、甘酢の甘味と酸味が程よくきいたタルタルソースになった。

「衣もパン粉におからパウダーを混ぜているので、多少は糖質オフになっていると思います」

「すげぇ。さすがはプロだな」

貫井が千影に向かって、ぐっと親指を立てる。

「どうも」

千影も親指を立てて、無表情のまま貫井に返事をした。賞賛は有り難くいただく。最近は、いかにこってり濃い味をカロリーオフするかに心血を注ぐ毎日だ。かなり頭を悩ませている。なので、ささやかな賛辞だとしてもこの上なく嬉しい。

たとえば、今日のカプレーゼは本来、モッツァレラチーズを使うところを豆腐で代用した。陽汰の要望が「オリーブオイルひたひたがいい」だったので、オイルを多めにかける分、豆腐を使わせてもらいカロリーオフを試みた。

コンソメスープは野菜の旨味たっぷり。大きめのミートボールを入れることによって、味も見た目もガツンとインパクトが出るように工夫している。

「この間のこってり味の焼豚丼も油そばも、美味しかったもんなぁ」

結野が思い出したように言いながら、たっぷりとタルタルソースを纏わせたイカフライを口に運ぶ。

「特に油そばは驚いた。あれが豆腐の麺だとは思わなかったな」

貫井も同調しながら、カプレーゼを口に運ぶ。

こってり味の焼豚丼というのは、タレを少し濃い味にした昨晩の献立だ。焼豚は脂身の部分のみをご所望の陽汰だったけれど、さすがに脂身丼を社員たちに提供するわけにはいかない。

バラ肉よりは脂身が少ない肩ロースを使用して、ジューシーな焼豚をこしらえた。じっくりと時間をかけることで柔らかくなった焼豚をほかほかのご飯の上にのせ、濃いめのタレをまわしかける。

お好みで温泉卵を入れると、味がまろやかになるのでいい。副菜は野菜オンリーにすることで、なんとか健康的な献立を目指した。

一昨日の油そばも、なかなかに濃い味だった。にんにくたっぷり、背脂入り。その分、刻みネギや茹でもやしといった野菜を大量に盛った。中華麺ではなく豆腐の麺にすることで、ジャンクな味付けと健康志向を両立させた。ちなみに豆腐の麺はそうめんそっくりで、食感もいい。

陽汰自身は、相変わらずこってり濃い味を欲するらしい。脂を摂取するたびに「沁みる〜〜」と唸っている。その際のうっとりした表情といったらない。幸せホルモンの力は、千影が想像していた以上に効果があるらしい。

そしてその陽汰から、ついさっき『残業確定です』という旨のメッセージが届いた。定時で帰れる日が続いていたから、残業は久しぶりだ。

他の社員たちは次々に寮に戻り、食堂で食事を済ませて自室へ戻っていく。土鍋のごはんは順調に減っている。新たに炊く準備をしていると、遅くなるはずの陽汰が食堂に姿を見せた。

「おかえりなさい。残業じゃなかったんですか？」

「ただいま。急な会議だったんですけど、思ってたより早く終わりました」

「そうなんですか」

土鍋に残ったごはんを、ちらりと見て確認する。陽汰一人分とするには、少々量が足りない気がする。

「すみません、今からすぐごはんを炊きますけど、待てますか？」

申し訳ない気持ちで千影が頭を下げると、陽汰は「ぜんぜん待つよ」と笑う。

慌てて準備を再開すると、きょろきょろと周囲を見渡しながら陽汰が口を開いた。

「皆もう部屋に戻った？　もしかして、まだ食べてないのって俺だけ？」

「そうですけど……」

「俺一人のために炊いてもらうの、なんだか悪い気がするんだけど」

陽太が、らしくない声を出す。妙に弱々しい。気を遣っているのだろうか。杉野館で暮らす社員の食事を作るのが千影の仕事なのだから、そんな気遣いは不要だ。

「仕事なので、気を遣わないでください」

「……うん。でも、今から炊くと時間かかるし、千影さん帰るの遅くなるでしょう」

心遣いはいらないと言っているのに気を遣われて、どうしたものかと途方に暮れる。

「さすがにおかずとスープだけだと夜中にお腹が空きそうだから……」

そう言って、ひょいっと作業場の中に侵入し、戸棚の中をごそごそと漁り始めた。

「千影さん、ときどき夜遅くまで仕事してますよね？　心配なんですけど」

「な、なんで知っているんですか？」

「トイレに行きたくて起きたら、食堂のほうに明かりがついてたから」

「そ、そうですか……」

千影は、気まずくて視線を彷徨わせた。

陽太の指摘通り、千影はときどき遅くまで杉野館で作業している。納得がいくまで包丁を研いだり、料理道具をピカピカに磨きあげたりしているのだ。

でもそれは、仕事というより趣味に近い。ピカピカになった愛用の道具を見ると気分がすっきりする。なまめかしく光り輝く包丁を見ると、なんともいえない高揚した気分になるのだ。

……まさか、陽汰さんに見られてたなんて。

恥ずかしい。夜中にうっとりしながら包丁を研いでるなんて、ちょっとホラーな気がする。

「あ、これとかいいんじゃないかな」

陽汰が手にしているのは、袋に入った乾燥うどんだった。

太めのタイプ、といってもごはんを炊くよりはずっと早い。これなら、お腹が空いているであろう陽汰もすぐに食事にありつくことができる。

「……うどんとイカフライって、合いますか？」

うどんの袋を受け取りながら、陽汰に訊く。

「どうだろう……？　でも、美味しいもの同士だからたぶん問題ないと思う」

笑いながらそう言われて、そんなものかもしれない、と千影も納得した。

「かけうどんにしますか？」

陽うどんを丼に入れ、熱々のつゆを注ぎ入れるかけうどんはシンプルで美味しい。陽汰に代わって、奥のほうまで棚をがさがさと漁りながら、乾燥わかめとてんかすくらいなら用意できそうだと目星をつける。

「あ、でも暑いですもんね。ざるにしましょうか」

冷水で締め、硝子製の器に盛れば見た目にも涼やかになる。薬味のねぎなら冷蔵庫にあったはずだと、棚から移動して今度は冷蔵庫を確認する。

「ぶっかけうどんにもできますけど」

冷蔵庫をくまなくチェックしていると、大根を発見した。大根おろしとねぎを盛りつけて、そういえば棚の奥に眠っていたかつお節もかけて……と考えていると、陽汰がくすくすと笑い出した。

「……なんですか?」

訝しげに問うと、陽汰はさらに我慢できなくなったらしく腹を抱えて笑い出した。

「だって千影さん、どこまで手を突っ込むんだよってくらい棚の奥を漁るし、めちゃくちゃつま先立ちになって冷蔵庫の上から下まで確認してるし、なんかその姿がツボというか……」

夢中で食材を探しているうちに、どうやら自分は珍妙な姿をさらしていたらしい。けれどそれは陽汰に、少しでも美味しく食べてもらいたいという気持ちからだった。

「……あつあつのうどんを作りますから」

けらけらと笑う陽汰に、なんともいえない拗ねた感情を覚える。

「え?」

笑顔のまま、陽汰が訊き返す。

「火傷しそうなくらいあつあつのうどんを作ります。汗だくになりながら食べてください」

ささやかな復讐だ。陽汰は「ごめんなさい」と手を合わせているが、知ったことではない。

作業場から陽汰を追い出し、千影はさっそく調理に取り掛かる。だらだらと汗を垂らしながら、うどんをすする陽汰を想像した。なかなかに愉快な気分だ。思わず千影の口元が「ふふん」と緩む。

意気揚々とうどんを茹でていると、ふいにある考えが頭に浮かんだ。

あつあつで、元気が出るうどん……

千影はもう一度冷蔵庫を開けた。かまぼこと卵、油あげを取り出し、使い切れずに冷凍しておいた少量の鶏肉も発見する。

これだけ材料があれば、それなりに見栄えもよくなるだろう。もちろん、味噌は常備している。

よし、味噌煮込みうどんを作ろう……！

陽汰の出身地、愛知（あいち）のご当地メニューだ。

慣れ親しんだ地元の味を堪能して、少しでも元気になってもらいたい。

鶏肉は解凍してからひと口大に切り、飾り用のかまぼこも薄くカットしておく。長ねぎは斜め切り、油揚げは一センチ幅くらいにする。

土鍋に出汁を入れ火にかけ、赤みそと白みそを加える。しっかりと溶きながら味を見て、砂糖とみりんを足して煮立たせる。

ふんわりと味噌のいい香りがしてきた。

煮汁の中に鶏肉を入れ、アクが出たら取り除く。茹でうどん、長ねぎ、油揚げ、かまぼこを加えたら少し煮て、卵を割り入れる。

ぐつぐつと煮えたぎる土鍋の真ん中、ちょうどいい位置に卵が収まり、思わずにんまりとする。

陽太には、うどんが出来上がるまで先におかずを食べてもらっていた。その彼のもとに、土鍋ごと運ぶ。

鍋敷きの上に、そっと土鍋を置くと、陽太が「おぉ」と声をあげる。

「味噌煮込みうどん!!」

陽太が目を輝かせる。

「改めて冷蔵庫を隅から隅まで漁ったら、鶏肉が見つかりましたよ」

嫌みったらしく「隅から隅まで」を強調すると、陽太は素知らぬふりで「美味しそうだな～～！」と手を合わせる。

「あっという間に作れちゃうって、やっぱり千影さんはすごいなーー！　料理の天才だなぁ」

陽汰が分かりやすくおだててくる。それでもまぁ、悪い気はしないなと千影は思う。

「あっつ、うわ、うまーー！　めちゃくちゃうまい！　でも熱っ！」

ふうふうしてはうどんをすすり、「熱い」と「うまい」を繰り返す。利き手で箸を持ち、反対の手でレンゲを持つという二段構えで、あつあつの味噌煮込みうどんに対峙している。

本当に、美味しそうに食べる。

千影の目論み通り、陽汰は汗だくになりながらうどんをすすっている。予想外だったのは、その姿があまりにも爽やかだということ。

うどん専門飲食チェーン店のテレビＣＭだと言われても、頷ける程度には映えている。その感想を正直に口にしてみると、陽汰はきらりと目を光らせてキメ顔を作る。

「そんなにイケてました？」

芝居がかった得意気な顔を見せる。イケてるかと問われれば、確かにイケているのだけど、素直に頷きたくない心持ちになる。日々、彼の言動や行動に貫井がいらっとしてツッコんでいる気持ちが分かったような気がする。

「まぁまぁ、じゃないでしょうか」

少々、辛口に判定してみる。

「えぇ、完璧にいい感じだと思うけどなぁ」

レンゲで煮汁をすくいながら、陽汰が口をとがらせる。

にこにこしながら最後の一滴まですする勢いで食べ尽くし、土鍋はあっという間に空になった。

「ごちそうさま～～！」

ぱん、と両手を合わせる陽汰の顔が満足そうで、千影も嬉しくなる。久しぶりに、彼の美味しいときのきらきら顔を見た気がした。

「千影さんが作るものはいつも、なんでも美味しいのに。今日は、どういうわけか特別に美味しかった気がするなぁ……」

ぽつりと、つぶやくように陽汰が言う。

「それはやっぱり、故郷の味だからじゃないですか？」

懐かしい記憶とあいまって、余計に美味しく感じられるのではないだろうか。

「……うん、きっとそうですね」

それまで賑やかだった陽汰の声が、ふいに弱々しくなった。

千影と陽汰以外、誰もいない食堂は静まり返っている。

しんみりとした気配を彼から感じて、千影は無表情のまま内心おろおろする。対人関係のスキルが著しく不足しているせいで、こういうときにどう振舞えばいいのか、何を言えばいいのか分からない。

分からなすぎて、真正面からぶつかる以外の手立てがない。

「あ、あの……大変でしたね。たくさん退職者が出て……」

わずかに肩を揺らし、陽汰が反応する。

「うん……まぁ、大変だったけど、最初の頃は意外に平気だったかな。自分がやるしかないって思っていたし、憤りみたいなのもあって……」

「それは……誰に対するものですか？」

パワハラをしていた上司か、それとも……

「示し合わせて退職した皆に対してです」

目線を下げたまま、陽汰が静かに答える。

「仕事を放り出すなんて責任感がないって、最初はそう思ってました」

「今は、違うんですか……？」

「上司の言動とか振舞いとか、そういう部分にずっと不満はあったみたいなんですけど。休みを許可してもらえない、ということに一番困っていたみたいです」

申請を出しても受け入れてもらえず、けれども上司は自由に休暇を取っていたらしい。不満が溜まるのは当然だ。

そんな毎日が続き、とうとう社員たちは我慢できなくなったのだろう。

「……つい最近、退職したうちの一人と連絡が取れたんですけど」

元同僚の話を聞いて、そこで初めて、彼らの事情が分かったという。

「持病があって通院していたり、家族の介護があったり、シングルマザーだったり。皆にはそれぞれ事情があったんです。一人親だと、子どもが風邪を引いただけでも大変じゃないですか。俺は独り身で、家族も自分自身も元気で。自分がそうじゃないからって、想像することもできなくて」

項垂れるようにして、陽汰が話を続ける。

「責任感がないとか、誰が言ってるんだよって話ですよね。皆、色んなことに責任を果たそうとしてて、それができないから仕事を辞めるしかなかっただけで……」

千影は、黙って聞いているしかできなかった。部外者だし、陽汰の言う通り、それぞれに事情があったのだろう。

「皆が退職すること、上司を除いたら俺だけが知らされていなくて。初めは、そのことに対して特に何も思わなかったんですけど。皆が抜けた穴を埋めるのに忙しくて、それどころじゃなかったし。でも、落ち着いてきたらだんだんそのことが気になって……」

残業続きだった日々から解放されつつあった頃、彼は元気がなくなった。エンドルフィンの元になる、やたらこってりとした濃い味を欲していた。一息つける段階になったのに、なぜだろうと不思議に思っていた。

やっと、その理由が分かった。

「……貫井さんにも、無神経だってよく注意されるんですけど。皆に信用されなかったのは、たぶんそういうところだったんだと思います」

皆から退職を知らされず、結果的に仲間外れにされたのは自分のせいなのだと、陽汰はがっくりと肩を落として沈んでいる。

彼が落ち込む姿を見て、千影はつい「それは違うと思います」と言ってしまった。口を出す立場ではないと弁えるつもりだったけれど、陽汰が責任を感じたり気落ちしたりする必要はないと思った。

だって、彼らが一方的に退職届を突きつけたあと、先頭に立ってフォローをし続けたのは陽汰だ。毎日、へとへとになりながら頑張っていた。千影はそれを知っている。

「陽汰さんって、いつも一生懸命ですよね。新しく仕事を任されたときも、それを負担に思うのではなくて、張り切って働いていたじゃないですか」

にこにこと笑いながら「仕事を任せてもらえるのは嬉しいです。いつまでも新人のままじゃダメだし」と言った陽汰を思い出す。

「そういう前向きで仕事熱心な陽汰さんのことを、皆ちゃんと見ていたんだと思います。自分たちが退職することを事前に打ち明けなかったのは、心配させたり変に巻き込んだりしないようにという配慮からだったんじゃないでしょうか」

　項垂れていた陽汰が、ゆっくりと顔を上げる。

「一生懸命に仕事をする人から仕事を奪うようなことは、誰だってしたくないはずです」

「そう、なのかな……」

　頼りない声を出す陽汰を励ましたくて、千影は大きく首を縦に振った。

「そうです。陽汰さんは仲間外れにされていたのではなく、むしろ大事に思われていたのではないかと私は推察します。陽汰さんの前向きなところは、周りの人も元気にするくらいのパワーがあると思ってますから」

　張り切って仕事に向かう彼の姿を見て、自分も頑張ろうと思えた。生き生きと働いている陽汰から力をもらったことに間違いはないので、千影は自信を持ってそう宣言する。

　ふいに陽汰が顔を伏せた。

「ありがとう、千影さん……」

　声が震えていることに気づき、千影は陽汰から視線を外した。しんと静かな食堂で、ちらちらと所在なくあたりを見渡す。

陽汰はもう何も言わない。千影も、何も言わなかった。もしかしたら、何も言わないという正解もあるのかもしれないと気づいた。

古い柱時計の音だけが、静まり返った食堂に響いていた。

四　岐阜、みだらしだんご

陽汰は、少しずつ濃い味を欲することがなくなった。どうやら、脂身を過剰に摂取しなくてもよくなったらしい。

以前から彼にリクエストされていた、脂身の多いカルビ焼肉を夕食の献立にしてみたのだけど、特別な反応を見せることなく普通に食べている。陽汰にとっての『普通』なので、豪快に頬張っておかわりもしている状況なのだけれども。

◎今日の夕食

ごはん（白米）
カルビ焼肉
焼野菜（ピーマン、かぼちゃ、玉ねぎ）
ピリ辛たたききゅうり
ふわふわ卵とわかめのスープ

◎ひとことメモ
ごはんとスープはおかわり自由です

カルビは焼くと脂がじゅわじゅわとしみ出て、濃いめのタレと絡んで最高にごはんが進む。焼いている香りだけでもごはんが食べられそうなくらいだ。

メインとして申し分ないカルビだけど、焼野菜もみずみずしくて美味しい。朝市で手に入れた新鮮な野菜ばかりなので、自信を持って社員たちに提供できる。

「脂身が沁みる〜〜！　とか、もう言わないんだ？」

カルビを頬張る陽汰に、結野が茶々を入れた。

「十分、沁みてますよ。脂身も、それ以外も。何食べてもめちゃくちゃ美味しいし」

焼野菜のピーマンを口に運びながら、陽汰が反応する。

「俺はマジで助かったよ。さすがに行きすぎたこってりは苦しくなる齢だからさ」

貫井が、たたききゅうりを食べながら言う。胃をさすって「もたれるんだよ」というアピールも欠かさない。

「そんなこと言ってますけど、貫井さん。さっき脂身の多いカルビがつがつ食べてたじゃないですか」

陽汰が隣の貫井をちらりと見ながら、冷ややかに指摘する。

彼が意見した通り、貫井はカルビを美味しそうに食べていた。「やっぱり焼肉はハラミよりカルビだよな」とウキウキしながら頬張っていたのを、千影も聞き逃していない。

「まぁまぁ。とにかく、陽汰が元気になってよかったよ」

輪切りになった玉ねぎを解くように、端から食べていく結野が仲裁しながら微笑む。

「なんで急に元気になったんだ？　そもそも本当に落ち込んでたのか？」

スープをすすりながら訝しむ貫井に、陽汰がわずかに反応する。

彼は顔を上げて、千影のほうを見た。千影も彼らに注目していたので、バチリと目が合った。

その瞬間、バッと陽汰が顔を逸らした。明後日の方向を見たり、天井のほうを向いたり。あちこちに視線を彷徨わせている。

明らかに挙動不審になった陽汰を見て、二人は怪訝な顔になった。

「おい、なんだ？　蚊でも飛んでんのか？」

貫井も陽汰と同じように、きょろきょろと辺りを見回した。

「え、嫌だなぁ」

のんびりとした声で、結野は視線だけちらちらと動かす。

千影はすかさず玄関脇の物置スペースへ行き、蚊取り線香の準備をする。昔ながらの渦巻き型だけど、匂いは発生しないタイプだ。まだ食事中の社員たちもいるけれど、これなら問題なく使用できる。

「千影ちゃんありがとう……って、なんかすごい時代を感じるね」

蚊取り線香を眺めながら、結野が言う。

「渦巻きがですか？　でもこれ、匂いが出ないように改良されていて、実は最先端なんです」

商品の箱に記載された『匂いが出ません』と記載された部分を結野に見せながら、千影が答える。

「そういえば、あの独特の匂いがしないな。これで効いてるのか」

貫井が鼻をクンクンさせる。どうやら蚊取り線香の効果を疑っているらしい。

「渦巻きというか、ブタの形をしているところが……なんとも昭和なテイストというか」

結野は器のことを言っていたらしい。ブタが大きく口を開けた陶器製。結野が言う通り、なんとも懐かしさを感じる。

「確かに、ザ・昭和って感じだな。俺は昭和を知らないが」

頷きながら、貫井が念押しするみたいに「昭和を知らない」に力を込める。

「夏の風物詩って感じがして、私はいいと思います。陽汰さんも、そう思いませんかか？」

話を振ると、弾かれたように陽汰がこちらを見る。

「え？　あ、うん……いや、そうですね」

はっきりしない返答をしながら、またしてもオタオタと不可解な行動に出る。

「お前、何か赤くなってないか？　蚊に刺され……いや、そんなに広範囲で赤くなることはないな。日焼けか？　日に焼けると赤くなるタイプだったのか？」

貫井の言葉を聞いて初めて、陽汰の首から顔に朱がさしていることに気づいた。

「赤くなるタイプだから色白なんですね、陽汰さんは」

なるほど、と思いながら千影は納得した。陽汰は苦笑いしている。

「貫井さんと千影さん、どんだけ鈍感なんですか……いや、鈍感でよかったです」

ため息を吐きながら、小声で陽汰が言う。貫井はよく聞き取れなかったようだ。

「なんか言ったか？」と首をかしげている。

「俺は貫井さんみたいに鈍感じゃないよ。これでも一応、物書きだし」

ふふん、と結野が得意気な顔を見せる。

陽汰は結野から顔を背けながら「勘弁してください」と言っている。いきなりどうしたのだろう。

いつの間にか会話に置いていかれた感のある千影だったが、どうやら陽汰が本調子に戻ったことは確からしいと知って安堵する。

杉野館で暮らす社員たちの健康を食で担っているという自負のある千影にとっては、なかなかにハードな日々だった。こってり濃い味と健康は両立が難しい。ようやく肩の荷が下りるな、と千影はほっとした。

「それで実際のところ、なんで急に元気になったんだ？　どういう心境の変化だよ」

改めて貫井に水を向けられ、陽汰は言葉に詰まる。ちらりと千影のほうを見てから「うどんが美味しかったんです」と明かす。

「うどん？　そういえば最近、献立ですだちうどんの日があったな……」

貫井が腕を組みながら、思い出したように言う。

「いや、それじゃなくて。遅く帰った日に、千影さんに作ってもらって……」

「もしかして、味噌煮込みうどんですか？」

千影の言葉に陽汰が頷く。

「味噌煮込みうどんって言ったら、陽汰の地元のグルメだね。陽汰のためだけに作った郷土料理。特別な感じがするなぁ」

結野は陽汰を見ながら、やけにニヤニヤしている。

「……依怙贔屓（えこひいき）はしていませんよ」

結野の「特別」という言葉に多少引っ掛かりを覚えた千影は、きっぱりと宣言した。

食の恨みは怖ろしいと聞いたことがある。杉野館で暮らす社員同士、いざこざが起きてはいけない。

「全然いいんだよ。陽汰を贔屓してやって、ね？」

結野が謎に「陽汰贔屓」を推してくる。彼の真意が理解できずに困惑していると、貫井が横から「いやいや」とまるでツッコミ芸人かのごとく間に入ってきた。

「俺だって特別に何か作ってもらいたいぞ。夜中に腹が減って、夜食があればいいなってこともあるし」

「何言ってるんですか貫井さん。朝も昼も夜も千影ちゃんのご飯を食べておいて、まだ彼女に作らせるつもりですか？　お腹が減ったら部屋で食べられるように、日持ちするものを買い置きしておけばいいじゃないですか」

結野がキレのある正論でぴしゃりと言い放つ。普段おっとりしている分、威力を発揮する。

ぐうの音も出ないほどに叩きのめされ、貫井はしょんぼりと肩を落とした。

「……懐かしい味というのは、元気をくれるものなんですね」

あの日の味噌煮込みうどんは、残っていた材料を集めてささっとこしらえただけ。特別なことは何もしていない。それでも、人を元気にする力が、やはり故郷の味にはあるらしい。

「食べながら家族のこととか、懐かしいことを色々思い出して、頑張らないとなって。なんだか力が湧いてきたんです」

「郷愁というものには、不思議な力が宿ってるんですね……」

「俺は分かるぞ。ほたるいかの酢味噌和えを食べたとき、俺もそんな気分になったからな」

　まるで感傷にひたるかのようにつぶやく結野の隣で、貫井がうんうんと頷いた。

「あとはまぁ、思い悩んでいたことを吐き出せたのがよかったのかもしれないです」

　恥ずかしそうに頭を掻きながら、陽汰が言う。

「吐き出す？」

「話を聞いてもらったんです」

「それは、千影ちゃんに？」

「そうです」

「なるほどな。うまいものを食べながら悩みを聞いてもらうのは、最高のデトックスになるのかもな。だからあれだ、小料理屋とかっていうもんがあるんじゃないか？」

「貫井さん、小料理屋の女将さんはお悩み相談をしてるわけじゃないと思いますよ、もちろん会話を楽しみにしているお客さんがいることは事実だと思いますが」

　若干、呆れながらも結野が優しく指摘する。

「……陽汰、お前もだぞ。食堂はお悩み相談室じゃないんだからな、ほどほどにしろよ」

分が悪くなったと判断したのか、貫井は結野の背後にまわって陽汰に注意を促し始めた。

「言われてみたら、そうですよね。仕事以外のことまでさせちゃって、すみませんでした……」

頭を下げられ、千影は慌ててかぶりを振る。

「陽汰さんが気にすることは何もありませんから……！」

「相談料をもらっておけばいいんじゃないか？　残業代として」

貫井の適当なつぶやきに、結野がハッと反応を見せる。

「それよりさ、何か手伝ってもらえばいいんじゃない？　たとえば、野菜の皮むきとか食器の片付けとか。そうしたら、千影ちゃんが早く帰れる日ができるんじゃないかな」

ものすごくいいアイデアだと言わんばかりに、結野はきらきらした顔で千影を見る。

「い、いえ、そんな……！　そういうつもりで作ったわけじゃ、ありませんし」

仕事で疲れているだろう彼に手伝ってもらうなんて、申し訳ないと思う。本当に、そんなつもりで味噌煮込みうどんを作ったわけではないのだ。そもそも相談に乗るなんて、大層なことをしたつもりもない。

ちらりと陽汰のほうを見ると、なぜだか彼は真剣な顔をしていた。

「手伝わせてください。なんでもやります」

やけにずっしりとした力強い声で陽汰が言う。

「……え？　あ……、そう、ですか……？」

彼の声と真剣な表情に気圧(けお)されて、千影はたじろぐ。「では……お願いします」と言うと、陽汰は元気よく「はい！」と返事をした。そのときの妙に晴れやかで、きらきらした彼の顔が印象的だった。

……具体的に、何を手伝ってもらえばいいのだろう？

作業場の整理整頓もれっきとした業務の一部なのだけど、仕事内容としては地味だと思う。かといってあまり高度なこと……たとえば魚を三枚におろすとか、テクニックを要することはお願いしにくい。

結野が言ったように、野菜の皮むきがいいかもしれない。ピーラーを使えば、誰でもすいすい皮をむくことができるだろう。

さっそく千影は、陽汰にお願いしてみた。

「皮むきですか？　ぜんぜんいいですよ！　任せてください」

陽汰は満面の笑みで、何度も頷いていた。

◆

翌日、千影が出勤して間もなくの早朝。陽汰は元気よく作業場に姿を見せた。

「あ、千影さん！　おはようございます」

寝起きのはずなのに、驚くほどにキラキラしている。

「おはようございます……」

陽汰の元気オーラに気圧されながら、千影はピーラーを彼に差し出す。

「さっそくで申し訳ないんですが」

「いえいえ！　頑張ります」

意気揚々といった感じで、陽汰がピーラーを受け取った。

じゃがいもを一つ手に取って、すぐに皮むき作業を始める。陽汰の手元を見ている
と、千影の眉間に皺が寄った。

……ちょっと、危ないかも？

ピーラーを持つ手に力が入りすぎているのか、妙にぎこちないのだ。

危なっかしくて、かなりヒヤヒヤしてきた。

「くれぐれも、怪我だけは気を付けてくださいね……！」

千影は陽太に声をかける。

祈るような気持ちで、皮むき作業を見守った。

「なんか、難しいです……」

力の入りすぎなのか、陽太の手がぷるぷると震えている。

「まさか、野菜の皮むきでつまずくなんて……！」

自信喪失したように情けない声で陽太が言う。

新しいことに挑戦する際は、自信を持つことが大事だ。苦手意識を持つといけないので、千影は慌ててフォローする。

「じゃがいもは、野菜の皮むきの中でも難しいんです。凹凸がありますから。特に男性は手が大きいので、握りにくいと思います」

必死にじゃがいもと格闘している陽太を見て、なんだか申し訳ないような、一生懸命な子どもを「頑張れ」と励ますような、よく分からない感情が芽生える。

千影にじっと見られていることに気づいたのか、陽太が困った顔をする。

「……こんなこともできないなんて、幻滅してますか？」

「してません。ただ」

「た、ただ……？」

「陽太さんが不器用だと知っていたら、じゃがいもではなく人参にしていたのにな、と思いまして」

人参は握りやすい。凹凸もないので、初心者でもすいすい皮むきが可能だ。

「ごめんなさいぃぃ〜〜〜」

じゃがいもを握ったまま、うぅと陽汰が項垂れる。

それにしても、陽汰がこんなに不器用だとは思わなかった。何事も器用にできるタイプだと勝手に想像していた。野菜の皮むきくらい、さらっとこなせそうな感じがしていたのだ。

「……料理をしたことがないんです」

陽汰がしょんぼりとした声で言う。

「そういう人もいると思います」

「料理ができない男はどう思いますか」

「別に、なんとも思わないです」

男性であろうと女性であろうと、料理ができないからといって、別にどうということはない。できたほうがいいかもしれないが、今はテイクアウトやデリバリーが充実してる世の中だ。なんとでもなるだろう。

「なんとも思わない、かぁ……」

これまでにないくらいに、陽汰が肩を落とす。何かまずいことでも言ってしまったのだろうかと焦っていると、廊下のほうから足音が聞こえてきた。

「お、今朝はイングリッシュマフィンかぁ」

貫井だった。ホワイトボードを確認しながら、眠そうにあくびを噛み殺している。

◎今日の朝食
イングリッシュマフィン～クリームチーズとスモークサーモン～
さくさくハッシュポテト
パイナップルとセロリの爽やかサラダ

◎ひとことメモ
コーヒー or 紅茶がつきます

「貫井さん、こんな朝早くにどうしたんですか」

陽汰が訊くと、貫井はふふんと悪い顔をした。

「ちゃんと手伝いができてるか見に来たんだよ」

失敗したら笑ってやるつもりだと、貫井は嬉々としている。

「貫井さんって、ほんとうに性格がひん曲がってますよね！」

じゃがいもと必死に格闘しながら、陽汰が貫井をぎろりと睨む。

今日もまた、二人の小競り合いが始まりそうだ。相変わらず仲がいいなぁと千影が思っていると、貫井の後ろから結野が現れた。

「まったく、二人の邪魔をしないでくださいよ」

「邪魔はしてないぞ。おかしなものを陽汰に食わされないように、見張ってるんだよ」

結野の小言に対して、貫井は自分の正当性を訴える。

「おかしなものにはなりません……もしかしたら、ハッシュポテトが少し小さくなる可能性はありますけど」

千影が小声で付け足した言葉に、貫井と結野がハッとした。そして、同時に陽汰の手元を注視する。

「……お前それ、ピーラー使ってる割に皮が分厚くないか？　それ捨てる部分だよな？」

「陽汰、俺はハッシュポテトが好物なんだよ。あまりにも小さいのはちょっと、なんていうか寂しんだけど」

「ちょっと結野さんと貫井さん、静かにしてくださいよ！　俺は真剣なんですから」

ぷるぷると震えながら、ピーラーを動かす陽汰が注文をつける。途端に二人は大人しくなって、陽汰の応援を始めた。

「揚げたてのハッシュポテトは贅沢品だぞ、頑張れ」

「さくさくのあつあつで、いい感じに塩も振ってあって……陽太、頼むから皮は薄くな？　陽太ならできる」

まるで小さな子どもを励ますように、貫井と結野は、陽太の皮むき作業を見つめていた。

◆

夏から秋に向かう季節。飛騨高山の酒蔵が立ち並ぶエリアは、観光客の姿がいつにも増して多くなる。目当ては『ひやおろし』だ。

秋を告げる日本酒とも呼ばれる、ひやおろし。搾りたての新酒を蔵の中で夏の間熟成させることで、香りや味わいに深みが出るのだ。

杉野館の住人たちも、各々でお気に入りのひやおろしを手に入れているらしい。今日の夕食は酒の肴にもなって、尚且つ秋を感じるような献立にしたい。

◎今日の夕食
ごはん（白米）

かつおのたたき～香味野菜添え～
たっぷり明太子の出汁巻き
ほくほく揚げ里芋の甘辛和え
きのこづくしの味噌汁

◎ひとことメモ
ごはんと味噌汁はおかわり自由です

無事に夕食のメニューが決まったところで、千影は割烹着をすっぽりと脱いだ。食材を仕入れるために、出かける準備をする。

すっかり涼しくなった空気に、秋の気配を感じた。ひと仕事を終えた午前中、千影はいつものように宮川朝市に向かった。

町屋建築が連なる通りを過ぎ、小路を抜ける。見慣れた風景だけど、今日は少しだけ違う。ちらりと横を見ると、すらりと背の高い人物が視界に入った。

陽汰が千影の隣を歩いている。

今日は一緒に買い物をする予定なのだ。なぜこのような状況になったのかというと、それは彼の不器用さに理由がある。

野菜の皮むきが苦手だった陽汰は、それ以降も上達する兆し（きざ）しを見せなかった。人には向き不向きがあるらしい。

ぷるぷると震える手でピーラーを持つ陽汰は、一生懸命だし応援したくなる子どもみたいだし、いつまでも見守っていたい感じがした。

けれども、あまり頻繁に手伝わせるのは申し訳ない。もう十分に手伝ってもらったのだし、そろそろ……と「手伝い係」の卒業を促してみた。

気を利かせたつもりの千影だったけれど、陽汰はどういうわけか首を横に振った。妙に意固地になって「まだまだできますから」と言った。

皮むきが思うようにできなかったことが、よほど悔しかったのだろうか。ピーラーを使いこなせないくらいの料理苦手人間に、包丁を握らせるわけにもいかない。陽汰にもできそうな、何かいい手伝いはないだろうか。考えていたところで思いついたのが、買い物に同行してもらうことだった。

杉野館で暮らすのは男性社員ばかり。それも若手なので基本は食欲旺盛。必然的に食材は大量になる。

荷物を持ってもらえたら嬉しいです、とお願いすると、かなり前のめりで「やります！」と陽汰は返事をしてくれた。

そうして、今日。初めて陽汰と一緒に朝市に行くことになった。

「せっかくのお休みなのに、すみません」

「何言ってるんですか。代休だから手伝えますって声をかけたの、俺のほうですよ」

千影がぺこりと頭を下げると、陽汰はニコリと爽やかな笑顔を見せる。

陽汰は、かなり整った顔立ちをしている。目と鼻と口、それぞれのパーツが美しい。

そして配置が完璧なのだ。笑うとその完璧さがわずかに崩れて、愛嬌が加わる。羨ましいくらいに見目麗しい人だな、と今さら千影は思う。

「陽汰さんって、義理堅いんですね」

こんなに外見がいいのに、陽汰は義理堅い性分をしている。貴重な休日を投げうってまで、千影の手伝い係を全うしようとしているのだ。

「……自分のためですから」

千影を見て、それから視線を逸らした陽汰が拗ねたようにつぶやく。

自分のためというのは、どういう意味だろう。朝市で買い物をする予定でもあったのだろうか。そんなことを考えていたら、ずらりと並ぶ白いテントが見えてきた。

今日も宮川朝市は、観光客で賑わっている。

朝市は初体験らしい陽汰が、店先に並んだ野菜や果物を物珍しそうに見ている。しばらく歩くと、急にきょろきょろと視線を動かし始めた。

「なんかすごくいい匂いがしませんか？」

陽汰はくんくんしながら、いい匂いの元を探している。美味しい匂いの正体はきっと、あれだ。

「醤油が焦げるような、香ばしい……あ、あの店ですね！」

陽汰が嬉しそうに指をさす先には、千影の予想通り、みだらしだんごの店があった。

飛騨高山では、みたらしではなく「みだらし」と濁って呼ばれる。一般的なみたらし団子は、甘くてとろっとしたタレがかかっているけれど、ここでは少し違う。甘くない醤油だれを団子の表面につけて、香ばしく焼くのが飛騨高山スタイルなのだ。

少し焦げ目のついた醤油の香ばしさが漂ってくる。口の中からよだれがあふれそうになった。

「食べていきましょう」

にこにこしながら、財布を取り出そうとする陽汰を千影は恨みがましい目で見上げる。

「お一人でどうぞ」

「千影さんは食べないんですか？」

「仕事中ですから」

食材の買い出しは、立派な業務だ。食べたいけれど、今は仕事中。なので我慢。香ばしい匂いを嗅ぎながら、ぐっと耐えていると陽汰がふき出した。

「千影さん、真面目すぎませんか？」

くすくすと笑われ、急に頬がカッと熱を持つ。なぜだか、妙に恥ずかしい。

「真面目のどこが悪いんですか」

むすっとしながら答える。

「真面目なのは、すごくいいことだと思いますけど。なんか時々、その真面目さが面白いというか」

……真面目が面白いとは、どういう意味だろう。

よく分からないけど、悪いようには捉えられていないらしいので、まぁいいかと納得する。

陽汰の隣にいると、彼との身長差を思い知る。すらりとした高身長を羨ましく感じて、じっとりとした視線で陽汰を見た。

「千影さん、ほら！　里芋ありますよ！」

少し前を行く陽汰が、振り返って手招きする。

普段、千影が愛用している大きめのエコバッグを肩から提げて、陽汰はうきうきと楽しそうだ。

いつも贔屓にしている店の商品も、少しずつ様変わりしている。番重にぎっしりと積み重なった野菜のラインナップが、夏から秋に移行しているのだ。

少し前までは、新鮮で真っ赤なトマトや濃い緑色をしたきゅうりが幅を利かせていたけれど、今はカボチャやさつまいも、里芋が主役だ。

どれもこれもみずみずしく、見るからに新鮮で美味しそうだった。

「千影ちゃん、よう来てくれんさったなぁ」

「こんにちは」

いつものように店主と挨拶を交わす。

彼女は千影の隣にいる陽汰の存在に気づいたらしい。少し目を丸くしてから、すぐに柔和な顔になって「今日は珍しいねぇ」と言った。

「荷物持ちとして来ました！」

店主に負けず劣らずのにこにこ顔で、陽汰が自己紹介をする。

「千影さんと同じ会社で働いてます」

里芋を包んでもらい、陽汰がそれを受け取る。

「二人が並んでると若夫婦みたいだねぇ」

店主の言葉に、陽汰は思わず里芋を落としそうになった。おたおたと慌てている。気のせいか顔が赤い。若夫婦と言われただけで赤面するなんて、陽汰は純粋でかわいいところがあるなと千影は微笑ましく思った。

他にも野菜をいくつか購入して、店を後にする頃にはエコバッグがパンパンになっていた。

「普段から、こんなにたくさん買い物をしてるんですか？」

両肩からエコバッグを提げ、さらに手にも荷物を持った陽汰が千影に訊く。

「今日は少し多いです」

正直に千影が告げると、陽汰は驚いた顔をした。

「少し……？　えっと、それだと千影さん、いつもはどうしてるんですか？　とてもじゃないけど、一人で持てないでしょう」

「持てますよ」

さらりと答える。小柄ながら力持ちで、体力にも自信がある千影だった。料理の仕事はそこそこハードな肉体労働だ。体力がなければ務まらないし、非力では大鍋を振るうこともできない。

「いやいや、千影さんの細っこい腕で持てるはずないです。もっと早く言ってくれれば、俺はいつでも荷物持ちになったのに」

持てないと決めてかかる陽汰に「持てますから」と千影は少しムキになって言い募る。

「ぜんぜん平気です。見た目より力持ちなんです」

「……マジですか？」

陽汰が疑いの目で千影を見る。

「ほんとうです。ただ、あまりにも量が多い日はさすがの私も二往復しないといけなくて。時間がもったいないなぁと思ってたんです。なので、今日は陽汰さんに手伝ってもらえてとても助かりました」

陽汰に礼を言うと、彼の顔がぱっと明るくなった。

「いつでも言ってください！　仕事中でも飛んでいきますから！」

……いや、仕事中はダメだろうと心の中で千影はツッコむ。

不真面目なことを言っているのに、陽汰は大真面目な顔をしていて、それがおかしくて思わず笑ってしまった。

「ふふっ」

笑ったら、陽汰に変な顔をされた。ぽかんとあっけにとられたような表情をしている。

普段、千影は滅多に笑わない。

もしかしたら、笑った顔がとてつもなく変だったのかもしれない。よくよく考えてみたら、千影自身も自分の笑顔がどういう感じなのかよく分からない。

引かれるほどの変顔だったらどうしよう、と今すぐにでも鏡を自分の顔を確認したくなった。

慣れないことをするものじゃないな、と歩きながら落ち込んでいると、またしても例の香りが漂ってきた。焦げた醤油の香ばしい匂い。

「やっぱり美味しそうだなーー！」

陽汰の意見に完全同意だ。口の中からよだれがあふれそうになり、思わずごくりと唾を飲み込む。ふいに視線を感じて陽汰のほうを見ると、目が合った。

「千影さんも、ほんとうは食べたいんでしょう」

「それは……」

否定できない。醤油と焦げ目のついた香ばしい匂い。美味しくないはずがない。

「買い出しも終わったことだし、今は休憩時間です。休憩中なら食べてもいいでしょう」

陽汰がいたずらっぽく笑う。

「え、まぁ、少しだけなら……」

「よし、決まり！」

陽汰に促されて、観光客に混じってみだらし屋の列に並んだ。

「たくさん並んでますね」

「そうですね」

人気店らしく、長蛇の列になっている。千影は混雑していることよりも、カップルの多さに驚いた。自分の前に並んでいる二人の手が繋がれていることに気づいて、耐性のない千影はドギマギしてしまう。

そういったことにまったく縁がなかった千影にとって、恋人同士というのは未知の世界だ。

列に並びながら少しずつ歩を進めていると、ふいに『若夫婦』という言葉がよみがえった。贔屓にしている店主の言葉。自分と陽汰は、本当にそんな風に見えたのだろうか。

ちらりと陽汰を見ると、「ん？」という優しい顔で見下ろされた。

美形の圧を感じる。どうやら、至近距離にいると心臓がバタバタと暴れ出すようだ。息が苦しい。思わず挙動不審になる。

肩から提げていたエコバッグから里芋がこぼれ落ちそうになって、やっと千影は我に返った。

列に並んでしばらくすると、目当てのみだらし団子を買うことができた。

丸く小さな餅を五つ串に刺して、醤油だれをつけて焼いたみだらしだんご。口に入れると、香ばしさと団子本来の米の風味に感動した。

カリッとするまで表面を焼いているのに、固くならずにもっちりしている。醤油だれはしょっぱすぎず、素朴でほっこりする味だ。あっさりしているので、二本、三本と食べられる。観光地グルメとしては庶民的な価格であることも人気の一つかもしれない。

食べながら歩いていると、なんだか観光客になった気分だった。

「いい季節になりましたね」

宮川沿いを歩きながら、陽汰がしみじみと言う。

「ほんとうに、そうですね。歩くのが気持ちいいです」

すっかり暑さが和（やわ）らいでいる。心地よい風が、すうっと体を通り抜けていく。

雲間から覗く陽の光を受けて、宮川の水面がきらきらと輝いている。

千影は、何気なく川の向こうに目をやった。

「あれって、結野さん……？」

対岸に結野らしき人影を見つけた。

そういえば結野も今日は代休だと言っていた。てっきり部屋に籠って執筆をしていると思っていたが、どうやら気晴らしに散歩に出かけたらしい。

結野が宮川にかかる鍛冶橋にさしかかった。声をかけようとしたけれど、彼の隣に誰かがいることに気づいて思いとどまった。

すらりと背の高い男性だ。年齢は貫井と同じくらいか、もう少し上かもしれない。

「たぶん、結野さんを担当してる人ですね」

橋の上にいる二人を眺めながら、陽汰が言う。

「編集者さんですか？」

陽汰が頷く。一度だけ顔を合わせたことがあるらしい。

「打ち合わせのために杉野館に来られていて。結野さんと二人で、談話室で話し込んでましたよ」

「そうなんですか」

二人は寄り添うように宮川沿いを歩いている。

「いい季節だし、歩きながら打ち合わせでもしてるんじゃないですか？」

手を振って、彼らに声をかけようとした陽汰を千影は制止した。

「あ、陽汰さん。待ってください」

なんとなく邪魔をしてはいけないような気がした。

今まで見たことのない顔をして、結野は担当編集者の隣にいた。あどけない子どものような、それでいて艶のある大人びた表情だった。

「千影さん？　どうかしたんですか？」

「う、打ち合わせ中だと、申し訳ないので……」

誤魔化すように言って、千影は結野たちに背を向けた。

「あ、そうですね。仕事の邪魔しちゃいけないですよね」

納得したらしい陽汰と一緒に、千影は杉野館に戻った。

◆

その日の夕食時、食堂は居酒屋のような雰囲気になった。

酒器を片手に、ほろ酔い気分の社員たちのご機嫌な声があちらこちらから聞こえてくる。酒の肴にと思ってこしらえた献立は好評だった。おかずをアテに、わいわいと盛り上がっている。

その分、今日はごはんの減りが遅い。

千影は、土鍋に残ったごはんをボウルに移した。ほかほかのごはんに、醤油とごま油、みりんを加える。しゃもじでよく混ぜたら、白ごまとかつお節を足してさらに混ぜる。ごはんを三角おむすびにして、トースターでこんがりさせる。

香ばしい匂いがたまらない、焼きおにぎりの完成だ。

たれを作って、ハケでおむすびに塗る作り方でも、もちろん問題はない。以前いた創作料理店では、先に味付けをしてから握るやり方だったので千影はそれに倣っている。

酒の肴として食べてもらおう。

大皿に大葉を敷いて、その上に焼きおにぎりをのせていく。香ばしい匂いにつられて、食いしん坊の陽汰が配膳台から作業場のほうに顔を覗かせた。

「いい匂いがすると思ったら、めちゃくちゃ美味しそうな焼きおにぎりじゃないですかーー！」

陽汰の顔は真っ赤だ。かなり酔っているらしい。

「召し上がりますか」

「うん、たべりゅよ〜〜！」

呂律もあやしい。

「……お皿、持てますか？」

「だいじょーーぶ！」

酔っ払いの「大丈夫」ほど信用できないものはない。ゆらゆらと揺れている陽汰には水を入れたグラスを手渡し、大皿は千影が皆のところまで運んだ。

「お、うまそうだな」

貫井が、ひょいと焼きおにぎりを掴んで口に運ぶ。

「ん〜〜、うまい。この香ばしさと日本酒は合うな」

「そういえば、飛騨高山のみたらし団子も同じですよね。味付けが醤油で、香ばしくて。あ、みたらしじゃなくて、みだらしって呼ぶんでしたね」

結野も腕を伸ばし、大皿から焼きおにぎりを一つ取った。

みだらし……

ふいに、朝市でのことを思い出した。陽汰に見下ろされた瞬間、千影の心臓はおかしな風に暴れ出した。今、その現象がぶり返している。

顔面が強い人間の微笑みはある種の凶器だ。その威力の凄まじさを身をもって知った。

千影は、無意識に己の顔に手をやった。片手で顔の下半分を包む。

頬をむぎゅむぎゅとしながら、昼間、自分はヘンテコな顔をしていなかっただろうかと不安になった。

戸棚の硝子にうつる自分の顔をじっと睨むように見つめる。取り立てて美しくもない代わりに、目立った粗もないように思う。

一言で言えば、地味な顔だ。

試しに笑顔を作ってみる。ぐっと口角を上げて、無理矢理にこりと微笑んだ。多少のぎこちなさはあるものの、取り立てておかしなところはない気がする。

……だったら、どうしてあのとき、笑った自分を見て陽汰は驚いた顔をしたんだろう？

分からない。うーん、と唸っていると、貫井が作業場にひょっこりと顔を出した。

「何やってるんだ？」

戸棚を凝視しながら唸る千影を見た貫井が、様子をうかがうように訊いてくる。おかしなところを見られたなと反省しながら、標準装備である無表情に表情を戻す。

「いえ、別に何も」

「陽太に水、もう一杯もらえるか？　限界みたいだから、部屋に連れていく」

配膳台から顔を出すと、陽太がテーブルに突っ伏しているのが見えた。

「分かりました」

グラスに水を注いで貫井に渡した。貫井はなんとか陽太に水を飲ませて、それから引きずるようにして部屋に運んでいった。

「相変わらず弱いなぁ」

その光景を見ながら、結野が笑う。そう言う彼も、ほんのりと頬が赤くなっている。

気づけば、ほとんどの社員たちが自室に戻っている。テーブルを片付けていると、結野からぐい呑みを見せられた。わずかに傾けるような仕草をしている。

「千影ちゃんも、どう？」

「まだ、仕事が残っていますので」

「まじめだなぁ」

けらけらと楽しそうに結野が声をあげる。

千影はテーブルの片付けを再開した。食器を洗って、作業場を綺麗にしてから清掃も済ませる。きちんと布巾や道具類の消毒も済ませて、ほっと息を吐いた。

千影が業務を終える頃には、たいてい食堂は静かになっている。残っている社員はいないのだが、今日は様子が違うらしい。貫井と結野が、向かい合って酒を呑んでいた。貫井は陽汰を部屋まで運んだあと、戻ってきたようだ。

呑んでいるといっても、楽しく酒を酌み交わすという感じではない。なんとなくピリピリした、近寄り難い雰囲気を感じた。

声をかけづらい。かといって、そのまま帰るわけにも行かない。「お先に失礼します」とだけ言って、千影は割烹着を脱いだ。

戸締りをしていると、低い声の貫井から「ちょっと、いいか」と呼ばれた。ただ事ではない空気を察知しながら、千影は頷いた。

「仕事終わってるのに、ごめんね」

結野が千影に頭を下げる。

「いえ、かまいません。あの……何かあったんですか?」

「……ワカミヤを退職するらしい」

結野のかわりに貫井が答える。心臓がヒヤリとした。

「そんな急に、どうして……あ、もしかして副業が順調で、とかですか……?」

「うん。なんとか、やっていけそうというか。副業を本業にできそうな感じで」

「おめでとうございます」

考えるよりも先に言葉が出た。きっと、それは正しかったのだと思う。結野がほっと、表情を緩めたので。

「シリーズ化が決まったんだ」

「すごいですね……！」

結野が書いた作品の人気が出たということだ。読者に認められたということ。休日に頑張って執筆していることを知っているので、なんだか自分のことのように嬉しくなった。

「……そのシリーズ化？　っていうのは、何巻まで出版されるんだ？　確約はあるのか？」

貫井は、硬い表情を崩していない。張りつめた気配を感じて、千影もすっと姿勢を正す。

「一応、今のところ巻数は割と先のほうまで……でも、確約とかは……ない、かも」

「口約束なんてあてにならないぞ。急に打ち切られたりとかはしないんだろうな」

「それは……でも、重版だってかかってますし。もし人気がなくなったらそれまでだと思っています。でも、だからこそ求められてるうちにどんどん書きたいんです。そうしたら……」

「そうしたら？」

「あいつのためになる、とか、そういうことか？　お前、自分の人生だろ。人気作家になりたい、じゃなくて、自分が人気作家になったらあいつの立場がよくなるとか、そんなのおかしくないか？」

　真剣な顔で貫井が結野に訴える。結野は、うつむいて押し黙った。しばらく沈黙が続いたあと、貫井が「はぁー」とため息を吐いた。それから、ひやおろしを一気にあおる。

「俺はちょっと、先入観というか、感情が入ってるから。あいつを知らない奴の見解というか、公平な立場での意見が聞きたくて」

　そのために千影を呼んだのだと、貫井が言う。

「……貫井さんが言う『あいつ』というのは、結野さんを担当している編集者の方でしょうか」

「そうだ、会ったことはないよな？」

　貫井に訊かれ、千影は中途半端に首を振った。

「直接、お会いしたことはありません。でも今日、偶然お二人を見ました」

「え……？」

　うつむいていた結野が顔を上げた。

「陽汰さんと朝市へ買い物に行ったとき、宮川沿いを歩いている結野さんと背の高い男性を見ました」

陽汰が声をかけようとしているのを止めた。なんとなく、いい雰囲気だと思ったから。

「あのときの結野さんは、私の知らない結野さんでした」

あんな風に笑う結野を、千影は今まで見たことがなかった。幸せそうで誰よりも綺麗だと思った。おそらく、特別な関係なのだろうと思う。

「……私は恋愛関係というものに長けているわけではないので、偉そうなことは言えませんが、その人のためだとか、相手に尽くしたいとか、そういう気持ちは間違っていないと思います」

千影は、自分の考えを口にした。

「相手が恋人なら、それもありだと思うよ俺も」

貫井がぐい呑みをちびちびとやりながら、ぽつりと言う。

「違うんですか？　どう見ても、そういう関係に見えましたが」

「煮え切らないいんだよ」

少々乱暴な手つきで、貫井がぐい呑みをテーブルに置く。

「相手の方の態度がですか？」

「いや、むしろ結野のほう」

貫井が、眉根を寄せながら結野を見る。

「告白とかしないんですか？」

千影の言葉に、押し黙ったままの結野がびくりと震える。

「そういうのは、別に望んでない……」

蚊の鳴くような声だ。またしても貫井がため息を吐く。

「つまり話を整理すると、結野さんは同性の担当者編集者に好意を持っているものの、関係性は今のままで十分だと思っている。自分の作品が評価されると彼自身の実績にも繋がるので、人気があるうちに今の作品をどんどん書き進めたい。時間を捻出するためにワカミヤの仕事を辞める……こういうことですか？」

「うん……」

頼りなく結野が首を縦に振った。

「あと気になったんですけど、貫井さんの言う『先入観』とか『感情』というのは一体なんですか……？」

まさかの三角関係だろうか。

「あいつのこと、どう思った？」

「どう、とは……？」

「見た目とか雰囲気とか、だよ」

　貫井の声がとげとげしい。

「至近距離で見たわけではないですけど、背が高くてスタイルがよかったです」

　対岸を歩いていた様子を思い出しながら、千影は続けて答える。

「落ち着いてる雰囲気で……イケメンだったと思います」

　彼らが鍛冶橋にさしかかったとき、顔を見たのは一瞬だったけれど、それでも分かるくらいには整った顔立ちをしていた。

「それが気に入らないんだよ!!」

「……はい？」

　意味が分からず貫井に問い返す。よく見ると、彼の顔は真っ赤だった。完全に酔いが回っている。

「イケメン、高身長、おまけに高学歴なんだよあいつは！」

「そうなんですか？」

「気に入らないだろ!?」

「どうでしょう……」

　曖昧に返事をすると、ぐわっと貫井の目が開かれる。

「他人を舐めたような、妙にあの落ち着き払ったあの態度も気に入らない！」

「はぁ……」

完全に嫉妬だ。嫉妬といっても恋愛云々ではない。僻み嫉みの部類だ。「気に入らないんだよ……」と何度も繰り返し、とうとう限界に達したらしい貫井がテーブルに突っ伏した。すぐに、すうすうと寝息が聞こえてくる。

「……三角関係とかでは、ないんですよね？」

念のため、結野に確認してみる。

「え？　さんかく……？」

思い詰めたような表情から一転、結野があっけにとられた顔になる。

「貫井さんが嫉妬しているのかと思いまして」

「いや、それは……ないよっ！　ふっ……はは」

緊張の糸が切れたみたいに、結野が腹を抱えて笑う。

その様子を見て、千影もほっと息を吐いた。ひとしきり笑ったあと、結野はぽつりぽつりと話し始めた。

「俺の担当編集者……弓削さんっていうんだけど。彼とのことを知ってるのは貫井さんだけなんだよ」

「陽汰さんも、弓削さんと会ったことがあると言っていました」

「何度か杉野館に来てくれたことがあるから。そのときの俺の様子がおかしくて、それで気づいたって言ってたなぁ。陽汰はまぁ、基本は鈍感だから……」

苦笑いしながら、結野がぐい呑みにひやおろしを注ぐ。

「いずれは、また就業して副業として執筆をすることになると思う。でも今は、せっかくのチャンスだから。あの人のために、自分にできることがあるってすごく幸せだと思ってる」

ちびちびと舐めるように、結野が酒を口に含む。うるんだ結野の瞳を見て、思わず目を逸らした。恋をしている人はうつくしい。

「……貫井さんも、本気で反対してるわけじゃないですよ」

「うん。俺の将来のこととか、考えてくれてるんだなって分かるよ。ワカミヤはいい会社で、副業も許可してくれてるからね。辞めるのはもったいないって、何度も言われた」

「会社には伝えてるんですか？」

「週が明けたら、まずは直属の上司に相談する感じかな」

そこで色々調整して退職日を決めてから、正式に退職届を出すつもりらしい。

「さみしいですね」

手の中にある、カラフルなびいどろのぐい呑みを見つめた。なんだか胸にぽっかりと穴が開いたような気分だ。

「面と向かって反対されるよりも、そっちのほうが揺らぐよ」

うるんだ瞳のまま、結野がふにゃりと笑う。

「最後の日は、豪華な食事にします」

「ありがとう」

「……予算内ですけど」

盛大で豪勢にしたい。けれど、その翌日から皆に納豆ご飯しか提供できなくなったら問題だ。

「あはは、そうだね」

どんな献立にしようか、千影はさっそく考え始めた。

アルコールを摂取してしまったので、なかなか具体的なメニューが浮かんでこない。

しっかりしろと自分で自分を叱咤しながら、結野の新たな門出に思いを馳せた。

五　京都、聖護院かぶと鯛の煮物

週明けの月曜日、千影は早朝からテキパキと業務をこなしていた。朝食を作り、昼食用の弁当もこしらえた。

弁当は粗熱がとれた頃合いを見計らって蓋を閉めて、清潔なクロスで包んでいく。出勤していく社員たちに手渡しながら、「行ってらっしゃい」と声をかける。

自分比だけど、元気な声だ。

杉野館で働き始めた頃は、オドオドしていた。声も震えて小さかった。それが、今では特に緊張することもなく声かけができている。

……慣れたからかな。でも、少しは成長したかも。

自分の変化に気づいて、千影は嬉しくなった。

不思議なもので、そうやって毎日声をかけていると社員の体調というか、その日の気分が手に取るように分かる。いつも眠そうな顔をしている社員もいれば、週明けのみ憂鬱そうな表情の社員もいる。

陽汰は毎日元気ではつらつとしている。貫井はたいてい朝から疲れ切っているので心配だ。結野はいつもにこにこ顔で、朗らかな雰囲気でほっとするのだけど……

あれ……？

なんとなく、今日は沈んでいるように見えた。気のせいかもしれないけど、表情が強張っている感じがする。週明けに退職する意思を上司に伝えると言っていたから、緊張しているのかもしれない。

そう思いながら、千影はせっせと弁当を社員たちに手渡し、杉野館から送り出した。夕方、帰宅してきた結野の表情の暗さを見て、千影はどきりとした。嫌な感じに心臓が跳ねる。

配膳台で仕事をしながら、どうしても気になってしまう。箸の進む気配がない。食欲が湧かないほど思い悩むことでもあるのだろうか。

あぁ、また、ため息を吐いた……

ちらちらと結野の様子をうかがっていると、急に目の前に人影が現れた。視界を遮るように立つ影にムッとする。結野の様子が観察できないではないか。ちらりと視線をあげると、陽汰がいた。

かなり不機嫌な様子で、じっと千影を見下ろしている。

「……千影さん、どうして結野さんのことを見てるんですか？」

「え？　あ、それは……」

陽太は、結野と担当編集者の微妙な関係性を知らない。どうしよう。どう説明すれば……

いや、説明をするのは結野の口からするべきだし……ひたすら焦っていたら、貫井が陽太の腕を引いた。

「お前はちょっと、こっちに来い」

「ちょっと、貫井さん？　なんですか、今は貫井さんに関係ないじゃないですか」

騒ぐ陽太を貫井が問答無用で引っ張っていく。

頼りになる貫井に心の中で両手を合わせた。実際の手はふさがっているので無理なのだ。何しろ帰宅ラッシュで、千影はてんてこ舞いだった。

夕食の筍（たけのこ）ごはんが思いのほか人気で、それは嬉しいのだけど、新たに準備が必要になったのだ。

◎今日の夕食

筍ごはん
牛すじ煮込み
小松菜と人参の胡麻たっぷりナムル
揚げだし豆腐

サンマのつみれ汁

◎ひとことメモ

筍ごはんとつみれ汁はおかわり自由です

秋らしいメニューが好評でよかった。近頃は高級品のサンマを偶然、安く手に入れることができた。残念ながら人数分を確保することはかなわなかったので、つみれ汁になったのだけれども。

バタバタと慌ただしく働きながら、結野のことが気にかかる。

人の波が落ち着き、仕事を片付けた千影は結野がいるテーブルに向かった。貫井と陽汰も同じテーブルにいて、結野と向かい合って座っている。千影は結野の右隣に腰を下ろした。

時間をかけて夕食を食べ終えた結野は、千影を見て力なく笑った。

「せっかく千影ちゃんが作ってくれたものだから、残すわけにはいかないよ」

「……ありがとうございます」

結野が「ごちそうさま」と言ったきり、その場に沈黙が流れる。

「それで?」

静寂を破ったのは、貫井の一言だった。

「上司に相談して、引き留められでもしたのか」

結野が力なく首を横に振る。

「あの、すみません。俺はたった今、結野さんが退職するとか、あのイケオジ編集者とデキてるとかっていう話を聞いて、もう何がなんだか意味不明でパニックなんですけど……！」

どうやら、諸々の事情を説明されたらしい。陽汰は頭を抱えている。

「デキてるわけじゃない。まだ微妙なところなんだよ。というか、あの編集者は俺と年ほとんど変わらないからな？　まだ若いんだから、イケオジとかいう表現はやめろ」

軽くパニック状態の陽汰に、貫井が注意する。

「弓削さん……会社、辞めるって」

結野の静かな声に、千影と貫井は驚きの声をあげる。

「え？」

「嘘だろ⁉」

まさかの展開だった。編集者が退職してしまったら、結野がワカミヤを辞める理由がなくなってしまう。そもそも彼の落ち込みようを見ていたら、この先も執筆していけるのか心配になるくらいだ。

「いわゆる、ＦＩＲＥとかいうやつですか？」

頭を抱えた状態で、陽汰が見当違いであろうことを言う。ＦＩＲＥとは、経済的自立と早期リタイア。定年退職を待たずにリタイアして暮らしていくライフスタイルのことだ。

「いくらなんでも、三十代前半で無理だろ。大手の編集者だからって、そこまで高給取りじゃないだろうし」

千影も無言で頷きながら同意する。

「じゃあクビってことですか？　まさか、担当作家に手を出したことがバレて？」

さすがに陽汰でも気を遣ったのか、後半は声を落としてこそこそとしゃべる。

「バレるもなにも、俺と弓削さんは無関係だから。あの人が会社を辞めること、俺はぜんぜん知らなかったし」

結野の声が、引き攣れるように震える。

「それは、お前も一緒だろう。自分で全部決めたんじゃないのか？」

「……そうですけど」

「お仕事を辞めて、どうなさるんでしょう」

千影が遠慮がちに問うと、結野は話してくれた。どうやら昨夜、編集者から事情を聞かされたらしい。

「……郷里に帰るって」

「どこなんだよ。あいつの地元は」

「京都（きょうと）……」

「それは……まぁ、今よりも遠くなるな」

　東京からここ、飛騨高山まで来るのにも距離があるけれど、それと同じくらいだ。

「出身が同じ人が同僚にいるらしいんだけど。地元で父親が小さな出版社を経営してるんだって。持病もあるから、その同僚が代表になって引き継ぐみたい。それで、弓削さんもその出版社で一緒に仕事をやるって……」

　そういう理由なのか、と千影が納得していると、向かいに座る陽汰が怒っていることに気づいた。明らかに瞳がぎらぎらして怒気を含んでいる。

「その同僚って人、男性ですか？」

　陽汰が腹の底から出す低い声を初めて聞いた。

「……うん。そうみたいだけど」

「結野さんを捨てて、同僚を選んだとか、そういう話ですか……？」

　陽汰の言葉に貫井もハッとして、次の瞬間には憤怒の顔になる。

「あの野郎……」

　ぎりぎりと拳を握りしめて、忌々しくつぶやく。

「……そうだとしても、もういいんだ」

涙目になった結野の細い肩がふるえる。思わずその肩に触れようとした瞬間、玄関から物音が聞こえた。

ガラガラという引き戸を開ける音だ。

「こんな時間に、誰でしょう……？」

千影は立ち上がって、玄関に向かった。

夜の来訪者の顔を見た瞬間、千影は体が固まった。三和土（たたき）に立つ男は背が高くて、年の割に落ち着いた雰囲気で、俳優かと思うくらい整った顔立ちだった。

「夜分遅くに失礼いたします。私、結野充久さんを担当しております編集者の弓削直嗣（なおつぐ）と申します」

威圧感がないのは、笑った顔が涼しげなせいかもしれない。人のいい、いやよすぎる笑みを浮かべながら千影に名刺を差し出した。

「結野くんと連絡が取れなくなってしまったものですから」

着信に応答はなく、メッセージアプリは既読スルーの状態らしい。

「なんとか仕事を終わらせて、新幹線に飛び乗りましたよ」

「……あ、どうぞ。こちらへ」

千影は、玄関のすぐ横にある談話室に弓削を案内した。

談話室は来客があったときに使用している場所だ。小窓はステンドグラス、アンティーク調のソファとテーブルが置かれている。町屋造りの杉野館のなかで唯一、ここだけが洋風建築だった。

食堂に戻り、湯を沸かす。戸棚から急須と湯のみのセットを取り出そうとしたところで、貫井と陽汰からブーイングが出た。

「千影さんがもてなす必要ないですよ」

テーブルに肘をついた状態で、陽汰が千影に言う。

「そうだ。水道水で十分、いや水道水すらやりたくない気分だ」

貫井は腕を組みながら、談話室のほうを睨んでいる。

「一応、来客があった場合にと会社から渡されている予算がありまして……」

千影も正直なところ不本意なのだが、仕方がない。湯のみにほうじ茶を注ぎ、朝市で買った梨を盆にのせて運んだ。

扉をノックして、レトロな装飾が施されているドアノブを回す。談話室はしんと静まり返っていた。御茶うけをテーブルに置いて、すぐに出ようとした千影を弓削が呼び止めた。

「一緒に、結野くんを説得してくれませんか？」

低くて柔らかい声だ。

「あなたの意に添うように結野さんを説得するなんて、そんなこと絶対にできません。私は結野さんの味方なので」

きっぱりと主張したけれど、弓削がひるむ様子は微塵もない。それどころか嬉しそうに「彼女が千影ちゃん？」と結野に確認している。どうやら、杉野館でのことは弓削に話しているらしい。

結野が「そうですけど」と返事をしたタイミングで、弓削の胃がぐるぐると鳴った。

「……失礼。食べる時間がなかったもので」

腹をさすりながら、恥ずかしいなぁという感じで弓削が頭をかく。たったそれだけのことだったけれど、弓削という男に対する印象が変わった。仕事を終わらせて、飛騨高山に向かう電車に飛び乗って。この男はその間、何も口にしなかった。それどころではなかったということだ。

悠然と構えているように見えて、実際は余裕なんてないのかもしれない。

「……説得するって、何をですか」

テーブルの横で膝をついた体勢のまま、弓削に問う。

「千影ちゃん……！」

結野が弾かれたように顔を上げた。信じられないといった表情で千影を見る。

裏切られた心地になったのだろう。決してそうではないと伝えるために、千影は手にしていた盆をテーブルに置き、結野の隣に座った。

千影の重みでソファが沈み、結野の腕とぶつかる。彼の体が、ずいぶん冷えていることに気づいた。

結野に湯のみを握らせてから、千影は弓削のほうを向いた。郷里である京都に帰ることになった話は、すでに結野から聞いている。そう告げると「それなら話が早いです」と笑った。

「一緒に京都へ来てもらえないかと言ったんです」

「……それは、一緒に暮らすということですか？」

「そうです」

「プロポーズ的なことですか」

弓削は優しく千影に微笑んでから、結野の顔を覗き込むようにして「結野くん」と呼びかけた。

「だめですか」

まるで、小さな子どもをあやすみたいな声だ。

「……俺には、無理です」

結野が力なく首を振る。

「なぜ？」

「あなたには、分からないと思います」

「きみのことを理解したいと思っているんです。教えてもらえませんか？」

「……言いたくないです」

「言わないと分からないような人間ではダメということですか」

「違います、そうじゃなくて。言って理解してもらえるなら、それで十分だと思います。察して欲しいとか、くみ取ってもらいたいとか、俺はそこまで傲慢じゃないつもりです」

「知っていますよ」

いつまでも弓削の声は優しい。優しいが故に劣勢だ。

気が付けば、話し合いは堂々巡りになっていた。結野は最後まで無理だという理由を言わなかった。こうなっては、一日で決着をつけることは不可能だった。

その日のうちに弓削は東京に戻ることになった。

「……電話に出なくて、ごめんなさい。そのせいで弓削さんがここまで来ることになって、申し訳なく思っています」

玄関で見送りながら、結野が弓削に詫びる。

「いいえ。結野くんの顔が見れてよかったです。会ってもくれないのかと心配していましたので。おかげで、美味しいご飯もご馳走になれましたしね」

弓削が千影に視線をやる。

あれからも時折、腹の音が鳴っては苦笑いする弓削だった。残り物であることを前置きして、弓削にも夕食を食べてもらった。

「なんだか、決まらないなぁ」

格好よく決めるつもりだったのに、と言いながらも出されたものはすべて平らげた。筍ごはんも、サンマのつみれ汁も。食べっぷりがよく、けれど上品というか、食べ方が綺麗だった。

食堂に残っていた貫井と陽汰は、少し離れた場所から弓削を迷惑そうに眺めていた。歓迎されていないことは、彼らが醸し出す雰囲気で感じ取ったのだろう。

「敵陣に乗り込んだ感じがしますね」

かといって弓削が居心地悪そうにする様子はなく、最後まで落ち着き払っていた。こういう余裕そうに見えるところが、貫井には気にくわないのだなと思った。

弓削は名残惜しそうにしながら、東京に戻っていった。去り際、千影にだけ聞こえる声で弓削が言った。

「いつも充久に美味しいご飯を食べさせてくれてありがとう」

優しい声なのに、背筋がぞくりとした。

笑っているのに目が怖い。表情に含みがありすぎる。さっきまでずっと「結野くん」だったのに、急に「充久」呼びになっているし。

……あ、これ。牽制だ。

そう気づいた瞬間、心臓がばくばくした。どう反応していいか分からず、千影は硬直した。

貫井は敵が去ったことに安堵したらしく、これで安心して眠れると言って自室に向かった。陽汰には「夜遅いし、送っていこうか」と提案されたが、丁重に断った。渋々といった感じで引き下がる陽汰に「おやすみなさい」と言ってから、御茶うけに出した小皿や急須を洗う。

「なんか、色々とごめんね」

千影の隣に立って、泡のついた湯のみを結野がすすぐ。片付けを手伝ってくれるらしい。

「……出すぎたマネをしたのではと、反省しています」

彼ら二人の問題なのに、つい口を出してしまった。

「そんなことないよ。千影ちゃんがいてくれて、助かった」

急須、梨を取り分けた小皿、弓削が食べたあとの食器。千影が洗ったものを結野が順にすすいでいく。水道の蛇口から流れる透明な水を見ながら、ふいに結野の手が止まる。

「結野さん……？」

「……千影ちゃんの家まで送るよ。さすがに遅すぎるし、こんな時間になったのは俺のせいだから」

戸締りを確認してから、結野と一緒に杉野館を出た。

「……遠回りします？」

なんとなく、そういう気分なのではないかと思って結野に言ってみた。

「前から思ってたけど、千影ちゃんてときどき怖いくらい察しがいいよね」

「子どもの頃、ずっと親戚の家で暮らしていたんです。いい子だと思われたくて、気を遣って生活していたので、自然とこうなったんだと思います」

どう自分が振舞えばいいのか常に考えていた。いい子でいるために、邪魔な奴だと思われないように。すべては自分のためだった。そういう自分を浅ましいと思っていた。

「やっぱり、そうなるよなぁ……」

とうとう何かを諦めたような、けれど晴れ晴れしいような、そんな結野の声だった。

結野も、千影と似たような幼少期を過ごしていた。

「母親が恋多き女ってやつで。男ができて、ふらっと出ていくことが多かったんだ。

その間は祖父母の家で生活してたんだけど、急に迎えに来たりするんだよね」

「……相手と別れたら、戻ってくるということですか？」

「それが違うんだ。すごくいい母親の顔になってて『新しいお父さんができたから』って毎回言うの」

「……それは、結野さんのためを思ってのことだったんでしょうか」

「今思えば、そうだったのかもしれないけどね」

　街灯の下で、結野が肩をすくめて笑う。

「見る目がないんだよなぁ、いつも……それで、すぐに別れることになるんだけど。いつの間にか、また新しい奴を見つけてくるんだよ」

「かなり、モテますね」

「うん、そこはすごいと俺も思う。でも大変なこともあって、父親が変わるたびに名前が変わるからさ。いきなり『今日から高城(たかぎ)だからね』とか言ってくるの。えぇ？　今の俺って高城充久なの？　昨日までの結野充久どこに行った？　って感じだよ」

　まるで茶化すみたいに明るく結野が言う。無理して笑うのは、千影に気を遣わせないためだ。こんなときにまで笑う彼が、痛々しくてたまらなかった。

　名前が変わって、引っ越しを繰り返して。知らない土地で、馴染みのない名前の時間が細切れにあった。そういう人生だったのだと、結野はなんでもないことのように言った。

いつの間にか、宮川沿いまで歩いていた。

結野が夜の宮川をじっと見る。暗くて、何も見えないはずの川。

「俺は、川を見るたびに昔のことを思い出すんだよね。川って、下ったり上ったりすると名前が変わるじゃない？　同じ川のはずなのに、この境から違う名前ですってなるところがさ。まだ子どもで、自分ではどうすることもできなかった頃とダブるんだよ」

結野と同じように、千影も宮川に視線をうつした。眺めていると、真っ黒な川が月の光に照らされて、きらきら光っていることに気づいた。

「一緒に京都へ行く可能性は、ないんですか……？」

「付き合う勇気すらないのに、さすがに急展開すぎない？」

「一つずつ段階を踏むたびに結野さんは考え込んでしまうと思うので、いっそのこと最後まで一気にいったほうがよくないですか」

「……無理だよ」

結野の「無理」はなかなか手強い。

「俺は、たぶん誰かと付き合うのすごく下手だと思う」

「今まで失敗を繰り返してきたんですか？」

反省を生かせば、うまくいくのではないだろうか。恋愛初心者の千影が言えたものでもないのだけれど。

「失敗するのが怖いから、そういうことからずっと逃げてた。付き合わなければ、間違うこともないし」

彼がひどく怖がりなのは、別れを繰り返す母を間近で見たせいなのだろう。

「少々のことでは、失敗にならないと思いますけど……弓削さんって、ちょっと行きすぎるくらいに結野さんのこと好きじゃないですか」

「……そんな風に感じたことないけど」

「本気じゃないと、仕事を切り上げてここまで来ないと思いますし。それにさっき、私にだけ聞こえるように結野さんのこと名前で呼んでました。あれは絶対に牽制です。目が笑ってなかったので」

背筋がぞくりとした、その際の出来事を結野に伝える。

「うわ、あの人何やってるんだよ。めちゃくちゃ大人気ないな」

驚きながら、結野の声は弾んでいる。

「俺は今、すごく幸せだと思ってる。いつかダメになるまで、少しでもこのままの関係でいられたらって、それだけを願ってる」

月明かりよりも、夜の川のきらきらよりも、結野の横顔は綺麗だ。

「お二人の関係は、いつかだめになるんですか……？」

「だって、気持ちは変わるから。俺はそれを知ってる」

人の気持ちは変わる。この人は、それを痛いくらいに分かっている。でも、だからこそ。

「だめになるというのが決定事項なら尚更、京都へ行ったほうがよくないですか」

意味が分からない、という顔で結野が千影を振り返る。

「行っても行かなくても、だめになるんですよね。いつか絶対に終わりが来るなら、それまでどうやって楽しむか、どれだけ好きな人のそばにいるか、それを考えたほうがよくないですか」

「……それは」

結野の言葉が詰まる。しばらくすると千影に背を向けた。川の流れる音に混じって、かすかな水音が千影に耳に届く。

「俺はこんなにうじうじしてるのに、千影ちゃんは前向きで、強いなぁ……」

洟をすすりながら、うるんだ声を出す結野に胸がぎゅっと絞られる。

「自分のことだと私も後ろ向きです。他人だから、こんな風に言えるだけで」

「うん……」

長い間、結野は逡巡していた。うつむいたり、顔を上げたりを繰り返している。

千影だって、本当はこのままがいい。結野が決断すれば、彼は杉野館からいなくなってしまう。遠く離れた場所に行ってしまうのだ。

「……ありがとう、千影ちゃん」

最後に千影を見て、結野はそう言った。

彼が辞表を提出したのは、それから一週間後のことだった。

◆

秋も深まった十一月のある夜、杉野館の食堂はいつものように美味しい匂いに包まれていた。

今日のメインは、時間をかけてとろとろになった角煮。副菜の一つ、しいたけのマヨネーズ焼きは、石づきを取ったしいたけにマヨネーズとチーズ、隠し味に白味噌を加えてこんがり焼いたもの。しいたけもジューシーでうまみたっぷり。今日の自信作だ。

◎今日の夕食

ごはん（白米）

柔らか角煮
オクラの胡麻和え
しいたけのマヨネーズ焼き
お麩と三つ葉の吸い物

◎ひとことメモ
ごはんと吸い物はおかわり自由です

「で、いつ退職するんだ？」

自信作である、しいたけのマヨネーズ焼きを食べながら、貫井が結野に訊ねる。

「一月です。引継ぎとか色々あるので、その辺りがベストかなって」

オクラの胡麻和えを口に運んで、咀嚼しつつ結野が答える。

「あと二ヶ月もないのかぁ……」

箸がスッと入るくらい柔らかな角煮をごはんと一緒に頬張りながら、陽汰がうなだれる。

千影は手を動かしながら、三人の会話をなんともいえない気分で聞いた。あともう少しで、彼がこんな風に会話する日常が、杉野館から消えてしまうのだ。

ちらりと視線を落とすと、新聞紙に包まれたかぶが目に入った。まだ土がついたままの新鮮なかぶ。ただのかぶではなく、京野菜の一種である聖護院かぶだった。普段、千影が目にするかぶよりも大きい。

千枚漬けの材料にされることが多いのだと、朝市で馴染みの店主に聞いて知った。この聖護院かぶを手に入れてくれたのも彼女だ。十一月に入ると旬を迎えるらしく、知り合いに融通してもらったものを先日、千影は買うことができた。

この聖護院かぶを使って、郷土料理を作るつもりでいる。今週末、弓削が来ることになっているのだ。仕事をなんとか片付けて、またしても電車に飛び乗ってやってくるらしい。前回のように途中で空腹を訴えるような気がするので、御茶うけの代わりに出そうと思っている。

弓削が来訪する事実は今のところ千影しか知らない。結野は会社に辞表を提出したというのに、未だ弓削にはっきりとした返事をしていないらしい。なぜ事情を知っているのかというと、牽制された際に連絡先を手渡されたのだ。

結野に何かあれば連絡するように、という無言の圧を感じた。

他人様のことに首を突っ込んではいけないと自分を戒めつつ、やはり結野には幸せになって欲しいと思う。

弓削は、今度こそ結野を説得するつもりで杉野館に来るつもりだ。本人は『納得して京都に来てもらえたら嬉しいです』とメッセージで殊勝なことを言っていたが、こじれたら結野を問答無用で連れ去りそうな気がする。

弓削が『敵陣』と表現した貫井と陽汰も控えているので、なんとも気が重い。こっそりとため息を吐きながら、新聞紙で包んだ聖護院かぶをそっと奥に隠した。

そして、金曜日。

朝の仕事を片付けた千影は、いつものように朝市へ出かけた。帰りに魚屋にも立ち寄る。今日のために前もって鯛のアラを頼んでいたのだ。店に顔を出すと、顔馴染みの主人が「包んでおいたよ」と言って渡してくれた。

「新鮮でいい鯛だ」

「ありがとうございます」

「いつもより少ない気がするけど、これでよかったのかい」

千影が社員寮のまかない係だということは、店主も知っている。常に安価なものを大量に買い込んでいくので、気になったようだ。

「これはお客さま用なので、大丈夫です」

「来客の世話まで任されたんじゃ、たまったもんじゃないなぁ」

手当を多めにもらわないとな、としゃがれた声で景気よく笑う。今回ばかりは積極的に首を突っ込んでいるので、なんとも言えない千影だった。

ひとまず材料は揃った。これで、聖護院かぶと鯛の煮物を作る。京都の郷土料理だ。

「食べながらだったら、話し合いも和（なご）やかに進むかな……」

美味しくて、ほっこりするような味付けにしたい。そんなことを考えながら、千影は杉野館に戻った。

まずは、社員たちの夕食を作る。まかないが完成してから、鯛の処理に取り掛かった。

鯛のアラは食べやすい大きさに切って、熱湯でさっと茹でる。取り出して水にさらし、表面についた汚れやうろこを洗い流す。霜降りの作業をしっかりとしてから、聖護院かぶの土を落とす。

綺麗に洗ってから、厚めに皮をむいて食べやすい大きさに切る。今回は縦六等分にカットした。葉の部分も使用するので、なるべく柔らかいところを選んで飾りになる長さに切っておく。

鍋に出汁と聖護院かぶを入れて火にかけ、五分ほど煮る。

火の加減を調節していたら、陽汰が食堂に姿を見せた。

「おかえりなさい」

「戻りました！」

笑顔の陽汰が、千影の手元をのぞき込んでくる。

「何を作ってるんですか？」

「聖護院かぶと鯛の煮物です」

陽太が、きょとんとした顔になる。

「今日って、そのメニューでしたか？」

どうやら、ホワイトボードは確認済みらしい。

「これは、弓削さん用なんです」

きっと、お腹を空かせてくるに違いない。御茶うけのようなもの。千影が事情を説明すると、陽太の表情がどんどん険しくなっていく。

「……食べさせるんですか？」

「そのつもりです」

「千影さんの料理を食べられるのは、杉野館の住人にのみ与えられた特権だと思うんですけど……」

陽太の言い回しがなんだかおかしくて、千影はくすりと笑った。

「大げさですよ」

「弓削さん、今日も来るんですね」

「なんとか結野さんを説得しようと意気込んでるみたいですよ」

「……まぁ、気持ちは分かりますけど」

「分かるんですか？」

陽汰をちらりと見ながら、かぶの様子を見る。

「いや、なんというか……！　うん、その。結野さんへの気持ちは本物なんだなっていう、気持ちが分かるというか。そんな感じです……！」

謎に陽汰があたふたしている。

やたら瞬きが多いなと思いながら、かぶがちょうどいい柔らかさになったので、鍋に鯛を入れた。みりん、醤油、塩、酒を加えて、さらに十分ほど加熱する。

最後に葉の柔らかい部分を入れたら、出来上がりだ。火を止めて、鍋に入れた状態のまま置いておく。

「気持ちが本物なのはいいんですけど……かなり嫉妬深いタイプのようなので、ちょっと結野さんが心配ではあります」

弓削が「充久」と呼び捨てにして、千影にマウントを取ったエピソードを明かす。

陽汰にも「嫉妬深いな」と、共感してもらえると思ったのだけど。

「え、普通ですよ？」

「……そうですか？」

「好きになったら嫉妬しますよ！　それに、ただでさえ遠距離なんですから。相手の周囲には気を付けないと」

そういうものだろうか。年齢イコールお一人さま歴を誇る千影には、よくよく考えたらその辺りの『普通』が分からない。

「たぶん、結野さんの胃袋を掴まれたら危ないって危機感があったんじゃないでしょうか。うん、きっとそうですよ」

うんうんと激しく頷きながら、陽汰が納得している。

「何か、俺。弓削さんのこと応援したくなってきました……！」

「そ、そうなんですね」

弓削のどこに共感したのだろう。千影には、さっぱり分からない。けれど、とにかく陽汰の目は本気だった。

◆

夕暮れどき。社員たちに夕食を提供しながら千影はそわそわしていた。弓削からの連絡で、すでにこちらに向かっていることは分かっている。和やかに話が進めばいいなと思いながら、鍋の中身をちらりと確認する。

味は確認済なので問題はない。身の付いた鯛のアラはふっくらと炊けている。箸を入れると、ほろほろと身が崩れるくらい柔らかい。かぶにも、優しい味が沁みている。じんわりと落ち着く味付けだ。

彩りと風味のために、柚子の皮の準備を始めた。爽やかな香りが作業場に漂う。

弓削が姿を見せたのは、食堂が閑散となる時刻だった。

前回と同じように、弓削を談話室に案内した。

それから作業場に戻って鍋に火を入れる。温まったら器に盛り、準備しておいた柚子の皮を添える。出汁と柚子の美味しい湯気がふんわりと立った。

貫井は、弓削がやってきてから不機嫌な表情のままだ。陽汰は激しく弓削に共感したようなので、興味深々といった感じで談話室のほうに視線を送っている。

二人分の器をのせた盆を手にして、千影は談話室に入った。

向かい合って座る二人は、対照的な様子だった。結野は膨れっ面をしている。反対に、弓削はにこにことしながら一生懸命にプレゼンをしていた。

「京都は、とてもいいところですよ。観光地が至るところにあって」

愛想よく地元京都をアピールする姿は、敏腕編集者というより営業マンのようだった。

「飛騨高山もいいところです。その証拠に、今日も観光客が大勢いました。酒蔵とか宮川朝市とか、観光スポットもたくさんあるし、食べ歩きグルメも豊富です」

拗ねた声で結野が反論する。

「結野くんは創作に行き詰まると、よく散歩をしているでしょう。京都には歴史的建造物が多いですから、散歩コースには困りません」

「散歩というか、俺の場合は『宮川沿いを歩く』と頭の中がクリアになるので、休日はよく歩いています。そもそも今暮らしているのが歴史的町屋建築なので、特に歴史的建造物に惹かれる気持ちはありません」

外から眺めるだけの歴史的建造物より、実際に住める歴史的町屋建築のほうが強い気がする。明らかに弓削の旗色が悪い。千影は器を置いて部屋を出ようとしたのだけど、結野に阻まれた。

「千影ちゃんが弓削さんと繋がってるとは思わなかった」

連絡を取っていたのは事実なので、気まずさを感じる。

「すみません」

「千影ちゃんには怒ってないけど。もしかして、千影ちゃんが言ってた『行きすぎてる』って、こういうこと？」

「まぁ、そうです。将来、束縛系になる可能性は否めないかと……」

「片鱗見えてるよね。やっぱりやめたほうがいい気がしてきた」

オーバーな仕草で、結野が自分の体を両腕でぎゅっと抱き締める。それを見た弓削が、慌てて言い募る。

「食べましょう！　せっかく千影さんが作ってくださったんですから！　冷めないう

ちにいただきましょう」

　露骨に話の流れを変えようとする弓削に、しぶしぶ結野も従う。

「……いただきます」

「これってもしかして京野菜ですか？」

「そうです。聖護院かぶです」

　結野が少し驚いた顔で、器の中をじっと見ている。

「優しい味ですね。昔……それこそ地元にいた頃にはよく口にしていました。色々と思い出しますね」

　しみじみと言いながら、そっとかぶを箸で口に運ぶ。

　ゆっくりと咀嚼する弓削に、結野が問いかける。

「美味しいですか？」

「ええ」

「懐かしい？」

「そうですね」

　結野が箸を置いた。悲しそうに、ふっと微笑む。

「俺は、そういう気持ちが分からないんです。皆の言う、懐かしいとか、ほっとするとか。何を食べてもそんな風に感じることはない。そういう人間ですよ、俺は」

故郷を持たないということが、彼にとっては引け目なのだ。

「俺には大切な場所がない……」

「これから作っていけばいいんじゃないですか？」

弓削が、なんでもないことのように言う。

「二人で暮らしたら、どこでも思い出の場所になりますよ」

結野の肩が震えた。ぎゅっと胸を押さえる。しばらくして顔を上げると、どこかふっきれたような顔で弓削を正面から見た。

「どこでも？　さっきまで、めちゃくちゃ京都を推してませんでした？」

「もちろん、一番のおすすめです。なんといっても野菜が美味しいです。京野菜は何種類もあるんですよ。壬生菜(みぶな)でしょう、あと賀茂(かも)なす、万願寺(まんがんじ)唐(とう)がらし、堀川(ほりかわ)ごぼう、鹿ケ谷(ししがたに)かぼちゃというのもありますね」

弓削は指を折りながら数えていく。

「僕の好みだと、壬生菜のからし和えとか、賀茂なすは田楽(でんがく)にするのが美味しいです。お酒にも合いますよ」

「……今まで作ってもらってばかりだったけど、これからは自分でこしらえないといけませんね。千影ちゃんみたいに、美味しくできる気がしないけど」

弓削の表情がパッと明るくなる。嬉しさがあふれんばかりの満面の笑みだ。

「大丈夫です。僕は一人暮らしが長いので、作れますよ。千影さんの腕には劣ると思いますけどね」

満面の笑みのまま、最後にちくりと千影を牽制する。

「結野さんの胃袋を掴んでしまって申し訳ないです。これからは、どうぞ弓削さんが頑張って美味しいものを作ってあげてくださいね！」

嫌味を言ってしまったけど、これくらいは許されるだろう。連絡を取り合う中で、これはマウントでは？　と思うくらい『自分は結野を知っている』アピールをしていた弓削だった。それはもう、千影が辟易するくらいに。

「もちろんです」

力強く弓削が宣言する。

「いや……、俺も作るから。こういうのって当番制になるのかな？　一緒に暮らしている人たちってどうしてるんだろう」

結野が苦笑いする。それから、まるで生まれ変わったような清々しい顔で、無表情で挑発するまかない係対満面の笑みマウント男の小競り合いの行方を見守っていた。

◆

「意外に手間がかかるんだな……」

杉野館の食堂の奥。作業スペースで結野が海老と格闘している。一匹ずつていねいに下処理をしている最中だった。

殻をむいて背わたを取るという、千影にとっては当たり前の作業だけれど、慣れていない彼には一苦労なのだろう。それなりに時間を要している。

「大きな海老だと豪華になりますけど、手間のことを考えたら冷凍ミックスでも十分だと思います」

「せっかく味見してもらうんだから、冷凍ミックスじゃ失礼かなと思ったんだよ」

結野が背わたを取り除きながら笑う。爪楊枝を使って慎重に除去している。もちろん包丁でも背わたは処理できるけれど、慣れないうちは怪我予防のために爪楊枝を使用したほうがいい。

今日の千影の夕食はシーフードカレーだ。結野がご馳走してくれるらしい。

最近、ときどき結野が夕食を作ってくれるようになった。二人暮らしに向けての練習だ。本人からは「味見係になってもらってごめんね」と言われている。

普通に美味しいので問題はない。問題なのは、結野の手料理を食べている事実が弓削にバレたときだと思う。おそらくまた、笑顔でちくちくと文句を言ってくるに違いない。

◎千影の夕食

海の幸たっぷりシーフードカレーライス
水菜とじゃこのさっぱり和風サラダ
らっきょう漬け（自社製品）

海老に続いて、結野はイカの下処理を始めた。胴と足とに分け、食べやすい大きさにカットしていく。

野菜は玉ねぎのみ。魚介が主役だから、だそうだ。薄めにスライスした玉ねぎを鍋の中で炒めて、水を足してカレールーを入れる。

処理済の海老とイカ、それから大ぶりのほたてを軽くソテーして、一緒にカレー鍋に投入する。

水菜は約四センチ幅にざくざくと切って、ボウルにうつす。じゃこを加え、すりごま、醤油、ゴマ油を入れてよく和える。器に盛ったら、かつお節と海苔をふりかけて出来上がり。

「まったく問題はないと思います」

美味しそうな夕食を目の前にして、千影はごくりと唾をのんだ。

「ほんと？」

らっきょうのパッケージを開けながら、結野が振り返る。

「今まで作っていただいたハンバーグもチキンもパスタも、どれもこれも美味しかったです」

「作ったものを褒められると、嬉しいものだね」

ニマニマと結野が笑う。もちろんお世辞ではない。これまでにご馳走になったのは、以下の三品。

・きのことトマトの煮込みハンバーグ
・にんにくと香草たっぷりハーブチキン
・揚げナスとベーコンのペンネアラビアータ

ほんとうに全部が美味しかった。

「慣れたら手際はよくなると思います。ポイントは、無理をしないことです。ちょっと作り足りないかも、と思うくらいが理想です」

「そうなの？」

「まだ何か作りたいなと思ったら自然と手が動くので、その勢いのまま鍋を洗ったり後片付けを済ませたりするのがいいと思います。作ったことに満足してしまったら、また次も作りたいと思えなくなるので」

「なんか、技術よりもためになる言葉だな」

「品数が足りないと思ったら、副菜は出来合いのものを買ってもいいと思いますし。疲れたなと思ったらデリバリーとか、外食でもいいと思いますよ」

二人とも仕事をしているのだし、忙しい日々になるだろう。食べることが負担になってはいけない。力になって、ほっと癒されて、心の栄養にもなって欲しいと思う。

「いただきます！」

スプーンでごろっと大きなほたてをすくう。煮込みすぎていないので柔らかい。口の中にジューシーな魚介のうまみが広がる。大きいから贅沢感もあった。海老はぷりぷりして、海老自体の味がしっかりしている。きちんと処理をしているから臭みも感じない。

イカは歯ごたえがあって、食べ応え十分だった。噛むたびに口の中に幸せが広がる。辛口でスパイシーなカレーと海の幸は最高に合う。磯の香りとスパイスが混じり合って、なんとも食欲をそそる。

千影はご飯をおかわりした。ほかほかのご飯に、海の幸のエキスが溶け込んだカレーを豪快にかける。カレーはがつがつ食べるのが最も美味しい食べ方だと思う。スパイシーなので、舌が痺れてきたら冷たい水をごくごく飲む。そしてまたカレーを勢いよく頬張る。

「千影ちゃんって、意外によく食べるよね」

結野があっけにとられている。

「すっごく美味しいので……！」

自社製品のらっきょうを自分の皿に招き入れる。行儀は悪いかもしれないけど、カレーとごはんとらっきょうをぐちゃぐちゃに混ぜる。これで味変になる。さっぱりしながら深い味わいと、しゃきしゃきした食感が加わり、またしてもスプーンを持つ手が止まらなくなる。

満腹になる直前で、サラダに移行する。新鮮な水菜はパリッとして美味しい。材料をボウルに入れて和えるだけなので、失敗なく作れる一品だ。

「レシピはネットからですか？」

今はレシピサイトや動画、ＳＮＳが豊富にある。

「本を見て作ったよ。お世話になってる出版社に少しでも貢献しようと思って、何冊か買ったんだ」

じゃじゃーんと、結野が出版社おすすめのレシピ本を見せてくれた。確かに、今まで作ってもらったレシピが掲載されている。すべて初心者用らしく、細かなところまで解説が行き届いていた。

無料で閲覧できるレシピサイトやSNSがあるというのに、律儀に本を買う。多方面に配慮を怠らない結野らしいチョイスだ。

「ごちそうさまでした！」

両手を合わせてから、ふき出した額の汗を拭う。夢中でスパイシーカレーを頬張ったから、なかなか汗が引かない。

結野が笑いながら、うちわで風を送ってくれる。

「千影ちゃん、本当に今までありがとう。いつも美味しいご飯を作ってくれて。本当に、ありがとう」

優しい声に思わず鼻の奥がツンと痛くなる。

もうすぐ、彼はここからいなくなる。

汗とは違うものが目からこぼれそうだった。一生懸命にこらえながら千影は、どういたしまして、と結野に言った。

六　大阪、モダン焼き

　冬の季節になった。朝、目が覚めると鼻の頭がツンと冷えていた。

　千影はのろのろと起き上がり、セーターを着込んだ。ストーブに火を入れると、少しずつ部屋が暖まってくる。

　職場である杉野館の近くにあるアパート。八畳ほどの一室が、少しずつ暖まっていく。今は年が明けたばかりで、千影も他の社員たちと同じく休みに入っている。

　杉野館の住人たちは、ほとんどが帰省中だ。貫井も陽汰も地元に戻っている。結野は京都へ旅行すると言って、休暇一日目に出かけていった。弓削が仕事の関係もあり、一足先に新生活を始めているのだ。

『新居を見てみたいから。もちろん、京都観光もしてくるよ』

　あくまでも結野は『旅行』と言っていたけど、実際は弓削の引っ越しの荷物の片付けを手伝ったり、近隣住民への挨拶に赴いたりしているという。弓削が意気揚々とマウント報告してきた。いい加減にうっとうしいので、ブロックしてやろうと密かに思っている。

ぐうぐうと鳴るお腹をさすりながら、千影は朝食の準備に取り掛かった。仕事で大人数の料理を作っていたから、一人分を作るのはなんだか張り合いがなく気が抜けたような感じがする。

年末から年始にかけて、千影は一人で『全国津々浦々お雑煮』を作って楽しんでいる。

正月の定番、お雑煮。

お雑煮は地域によって作り方が様々だ。餅の形からして違う。丸餅だったり、角餅だったりする。餅を煮るところもあれば、焼く地域もある。すまし汁なのか、味噌なのか。小豆汁があると知ったときにはさすがに驚いた。

見た目が『ぜんざい』なので、慣れない千影にはお雑煮感はなかった。味はもちろん美味しいので、これはこれでアリだなと思いながらいただいた。

小豆といえば、白味噌仕立ての汁に甘いあん入りの丸餅を入れるパターンもある。口の中でマッチする組み合わせとは思えなかったけれど、実際に食べてみると美味しくて、新たな発見をした気分だった。

大阪で暮らしていた頃、千影は白味噌のお雑煮を食べていた。餅はシンプルな丸餅。輪切りにされた大根と人参が入っていた。すべて丸い食材なのは、縁起がいいからだと伯母に聞いた記憶がある。

今から作るのは、宮城県の仙台雑煮だ。餅は角餅、ハゼの出汁で作る。特徴はパッと見て分かるくらい豪華なこと。椀からはみ出すように焼きハゼが鎮座しており、中央にはイクラが盛られている。

他にも、大根、人参、ごぼう、ずいき、凍み豆腐などが具材がいっぱい。餅が見えなくなるほどの具材で覆うのが仙台流らしい。

具材を細切りにするのも特徴といえる。細切りにした大根、にんじん、ごぼうをサッとゆでて水にとり、しっかりと水気を切って冷凍庫で凍らせておく。

これは『おひきな』といって、昔は外気にさらして凍らせていたという。凍らせることで味がぎゅっとしみやすくなるのだ。

まずは、小鍋に水と焼きハゼを入れて出汁をとる。出汁をとったあとのハゼは、身を崩さないようにそっと取り出しておく。

ずいきと凍み豆腐はもどしたあと、細切りにする。出汁の中に具材を入れて煮てから、醤油、塩、みりん、酒で味を整える。小鍋で煮ていると、なんともほっこりする匂いが台所に充満した。

椀に焼いた餅を入れ、具材と汁を盛りつける。

出汁をとったハゼをのせ、いくらをたっぷりと盛ったら出来上がり。豪華な仙台雑煮の完成だ。

「いただきます」

祝い箸で、そっと焼きハゼの身を崩す。食べ方に正解があるのかは分からないけど、とりあえず一つずつの具材を味わう。ぷちぷちしたいくらの食感がたまらない。具材が少なくなってきたら汁と一緒にすすって、最後に焼き目のついた香ばしい角餅をいただく。

野菜の旨味やハゼの出汁、焼餅の香ばしさが椀のなかで一体となっている。見た目は驚くほど豪華なのに、口に入れるとそれぞれの個性が邪魔をしない。

「あっつい……」

ぬくもった部屋で、あつあつのお雑煮を食べたせいだ。気づくと額に汗が滲んでいた。着込んでいたセーターを脱いでから、小鍋に残っている汁をすべて椀に入れる。

ほっこりして、美味しい。美味しいのだけど、何か物足りない気がする。

こんなに豪華なお雑煮を食べているのに足りない感じがするのだ。それは他のお雑煮を食べたときにも感じたことだった。お腹はいっぱい、けれど満たされない。

もしかしたら、自分一人で食べているからかもしれない。

一人が寂しいというのは少し違う気がする。もともと一人が好きだし、落ち着く。そうではなくて、きっと自分は作ること以上に食べてもらうことが好きなのだ。

だから、一人で作って食べているこの状況を物足りなく感じている。

……まかない係の仕事って、自分にとっては天職だなぁ。

料理人になってよかったと、千影は二つめの焼餅を椀に入れながら、しみじみと感じていた。

◆

年明けの杉野館の食堂。千影は社員たちに朝食を提供しながら、皆の顔がどんよりとしていることに気づいた。

連休明けは、働く意欲が著しく低下するらしい。特に大型連休になるとそれが顕著のようだ。

「ゆっくりするつもりで帰ったのに、むしろ疲れた気がする……」

貫井は実家で、甥っ子と姪っ子の遊び相手として重宝されていたらしい。げっそりした顔で「抱っこのしすぎで腕が上がらない」とこぼしている。

続いて食堂にやってきた結野も、かなりのお疲れ顔だった。

「結局、自分の荷造りはできなかったな。あと一日、いや二日くらい休みがあれば……」

自室の片付けが進んでいないようで、ぶつぶつと独り言を言っている。

沈んだ表情の貫井や結野と対照的なのが、陽汰だ。明るい声で他の社員たちと新年の挨拶を交わしている。

「千影さん、あけましておめでとうございます！」

表情がいきいきしている。全身から元気がみなぎって、働く意欲をビシビシと感じる。

「おめでとうございます。仕事始めで皆さんは憂鬱そうなんですけど、陽汰さんは元気ですね」

「そりゃ、千影さんにも会えますから！」

元気がよすぎて、サービストークにも力が入っているらしい。

「また千影さんの美味しいご飯が食べられると思うと、めちゃくちゃ元気になります」

数日といえど間を開けると、分かりやすいお世辞にもおたおたしてしまう。なんとか平然を装い、陽汰に「どうも」と返答した。

仕事始めからの月日は、なんだかあっという間に過ぎていった。気づいたら月末という感じだった。結野の退寮日も迫っている。

貫井と陽汰が盛大なお別れ会を計画していたらしいのだけど、「逆に寂しくなる」という結野の意見で取りやめになった。豪華な食事もなし。

『最後の日は、いつも通りの献立で大丈夫だから』

結野にそう言われてしまっては仕方がない。彼の意向に沿って、千影はいつものように馴染みの商店で食材を仕入れ、夕食をこしらえた。

◎今日の夕食
ネギトロ丼
大葉とチーズの春巻き～スイートチリソース添え～
しゃきしゃき大根の明太マヨサラダ
レンコン入り鶏団子と白菜の中華スープ

◎ひとことメモ
ごはんとスープはおかわり自由です

「マジでいつもの感じだな。なんかもう実家より安心感あるというか、しっくりくるわ……」

代わり映えのないメニューを前にして、貫井がつぶやく。

「俺が千影ちゃんに頼んだんですよ。いつも通りの献立にして欲しいって。そのほうが落ち着きますから」

結野が大根サラダを頬張りながら、千影のフォローをしてくれる。

「お刺身とか海鮮丼じゃなくて、ネギトロ丼っていうのが杉野館のまかないメシって感じしますねー！」

陽汰の言う通り。マグロの中落ち部分からこそげ取っているので、お買い得商品なのだ。おかげ様で今日も無事に予算内におさめることができた。

「そういえば、ネギトロのマグロって中落ちの部分を使うって聞いたことあるな……」

思い出したように貫井がつぶやく。

「中落ちってトロじゃないですよね？　それなのにネギトロなんですか？」

陽汰が不思議そうな顔をする。

「スプーンとかを使って、骨から身をこそげ落とすように取ることを『ねぎとる』って呼ぶらしいぞ。それが由来みたいだ」

「え、それじゃあ、まさかネギが入ってなくても……？」

「ネギトロだな」

「そんなの詐欺じゃないですか。ネギでもトロでもないなんて！」

陽汰が憤る。

「いや、だから……お前、話聞いてないだろ」

貫井が呆れたように肩をすくめる。

「やっぱり物知りですね、貫井さんは」

感心したように、結野が微笑む。

「俺だって、食べ物ネタなら知ってますよ！」

陽汰が身を乗り出す。貫井への対抗心なのだろう。

「結野さんにも関係することです」

「俺……？」

「そうです。京都のぶぶ漬け伝説なんですけど」

春巻きを頬張って、もぐもぐしながら陽汰が話を続ける。

「なんだ？　ぶぶ漬け伝説って」

貫井が聞き慣れないワードに反応した。

「知らないんですか？　ぶぶ漬けっていうのはお茶漬けのことです。お店とか訪問先とかで『ぶぶ漬けでもどうですか？』って聞かれたら、それは『そろそろ帰ってください』って意味らしいです」

「はぁ？　意味が分からん。はっきり『帰れ』って言えば済む話だろう」

中華スープをレンゲですくいながら、貫井が驚きの声をあげる。

「それが京都流で、ぶぶ漬け伝説です。間違っても本気にして『お茶漬けください』なんて言ったら、笑い者になっちゃいますよ」

陽汰に忠告され、貫井はムッとした顔になる。

「あいつ自体が、そういうの得意そうだから問題ないだろ」

弓削のことが頭に浮かんだらしい。嫌そうな顔をしながら、貫井がスープをすする。

「まぁ、実際に『ぶぶ漬けでもどうどす？』っていう言葉は、あまり使われないらしいので。俺は大丈夫ですよ」

結野が笑いながら訂正する。

「そうなんですか？」

ネギトロ丼をかきこんでいた陽汰が顔を上げる。

「うん。どうやら、本来は『特にお構いはできないけど、せめてぶぶ漬けでも食べてゆっくりしていってください』っていう、控えめで優しい表現らしいんだ」

「本当にそうなのか？　あいつが勝手に言ってるだけじゃないのか？」

疑いの目で貫井が結野を見る。

「そんなことは、ないと思いますけど……」

結野が苦笑いしている。

「その、ぶぶ漬け？　とかいう論法、めちゃくちゃ使ってそうだぞ。もったいぶって嫌味ったらしいから、あいつにピッタリだ」

結野の説明に納得できない様子の貫井は、一人徹底抗戦の構えを見せる。

「そんなに弓削さんと京都のこと、敵視しないでくださいよ。結野さんが落ち着いたら京都を案内してもらおうって、計画してたじゃないですか。俺、楽しみにしてるんですよ」

陽汰が貫井を宥めている。

同時に「ぶぶ漬け伝説の話なんてしなきゃよかった」と、深く反省している様子だ。パートナーが罵られているというのに、結野は特に気を悪くした気配もない。美味しそうに、もりもりご飯を食べている。陽汰と貫井を見ながら、ただただ笑っていた。

そのままの笑顔で、結野は次の日、京都へと旅立っていった。

◆

大阪に住む伯母から連絡があったのは、二月に入ってしばらく経った頃だった。

長年営んでいたお好み焼き店を閉めることになったという。伯母は、千影の母とは一回り年が離れている。高齢にさしかかってはいるものの、持病もなく、まだ店を続けることはできたはずだ。

店じまいをする理由を問うと、伯母はつっけんどんな声で言った。

『自分が元気なうちに、始末をつけなあかん。いつまでも意地張っても迷惑をかけるだけや』

愛想のない物言いは、自分に似ている。千影はそう思いながら、伯母に食べさせてもらったお好み焼きや焼きそばの味を思い出した。

懐かしい気持ちになり、その日の夕食は焼きそばを作った。

寮に帰ってきた貫井が、ホワイトボードを見ながら呆然としている。

「焼きそばと白米を一緒に食べる文化ってマジだったんだな……」

その背後から、陽汰がひょいっと顔を見せる。

「そりゃ、千影さんは関西人ですから。あ、目玉焼きが付いてるみたいですよ！　なんかすごく豪華な感じがして好きなんですよね」

二人のやり取りを見ながら、焼きそば定食がメジャーな存在でないことに千影は衝撃を受けた。

◎今日の夕食
焼きそば（目玉焼き付き）
ごはん（白米）
長ネギとわかめの味噌汁
漬物

◎ひとことメモ

ごはんと味噌汁はおかわり自由です

「すみません、私自身はまったく違和感なくて……」

よく考えてみれば炭水化物と炭水化物だ。バランスが悪かったかなと反省していると、貫井が「ちょっと驚いただけで、全然いいよ」と言いながら席についた。

陽太はすでに食べ始めていて、「うまい、合う！」と騒いでいる。

「ちゃんとご飯を食べるための焼きそばになってる！」

「なんだそれ」

陽太のコメントに、貫井がツッコむ。一口食べて、その意味が分かったらしい。

「確かに、この焼きそばを食べると白飯が欲しくなるな……」

焼きそば『定食』なので、ご飯が欲しくなるようソースを濃いめにしているのだ。香ばしいソースの焼きそばに、ほかほかのごはん。ソースは辛めでもあるので、ごはんを口に入れるとほんのわずかだけど甘く感じる。そのハーモニーがたまらない。

半熟の目玉焼きを崩して麺に絡めて、まろやかさを足すこともできる。ごはんを多めに頬張って味噌汁をすすると、美味しさと同時にほっとした気持ちになる。

作業場の奥で手早く夕食を済ませ、食器を片付ける。しばらくすると食べ終えた陽太がトレイを配膳台に置いた。

「ごちそうさまでした！　美味しかったです！」

「ありがとうございます」

たとえお世辞や挨拶のようなものだったとしても、「美味しい」と言われるのは嬉しい。

「実は今、ＳＮＳで大阪のお好み焼き店がバズってて。それを見てソース味が食べたいなって思ってたんです」

満面の笑みで「めちゃいいタイミングでした！」という陽太の言葉に、千影は少しだけ引っ掛かりを覚えた。

「大阪のお好み焼き店ですか……？」

「そうです。この店なんですけど」

陽太のスマホを覗くと、見覚えのある暖簾が目に飛び込んできた。店内の様子や、メニュー表にも覚えがある。間違いない。

「これ、伯母の店です……」

「ええ⁉」

陽太が驚いた顔で、スマホの画面と千影を交互に見る。

伯母の店には、連日長い行列ができているという。

閉店するという情報を知り、かつての常連たちも遠方から駆けつけているらしい。

千影が手伝っていた当時から、昼間は大学生の客が多かった。学生街だったのだ。下町でもあるので、夜は近所に住む酒好きたちの溜まり場へと変貌するのだけど。

「客が多すぎて捌けないから、営業時間を延長してるみたいですよ」

陽汰がＳＮＳに書き込まれたコメントを見てつぶやく。

「バイトの人とかいないんですか？」

「こじんまりした店だったので、ずっと伯母一人で営業していました。私が大阪にいる間は、手伝っていたんですけど……」

つっけんどんな伯母の声が耳の奥でよみがえる。

伯母は頑固な性格だ。どんなに忙しくても、自分から誰かに助けを求めることはないだろう。

「だったら、手伝いに行ってあげたらどうです？」

陽汰が明るい声で言う。

「え……？」

「だって、ぜったいに大変だと思いますよ！　こーーんなに行列ができてるんですから」

「でも、私も仕事がありますし……」

「明日と明後日は、こっちが休みじゃないですか」

確かに明日は土曜日で、まかない係の仕事はない。

「……私、伯母に引き取られて、実家みたいなものなんです」

「だったら、尚更行くべきですよ！」

力強く言う陽汰を、まぶしく思った。

伯母とは、微妙な関係だった。きちんと面倒を見てもらったけれど、優しい言葉を掛けてもらった記憶はない。いきなり千影という厄介者を引き取って、迷惑していたのだと思う。それでも放り出さずにいてくれたことは感謝している。

「そう、ですね……」

陽汰に背中を押される形で、千影は大阪行きを決めた。

伯母の性格を考えると、歓迎されないということもある。もし、店へ行って迷惑な顔されたらすぐに帰ろう。そう自分に言い聞かせて、千影はその夜、大阪行きの特急に乗った。

◆

人情味あふれる大阪の下町、東大阪市（ひがしおおさか）。総合大学のキャンパスが位置する学生街であり、中小の町工場が密集するエリアでもある。

駅前には、昔ながらの商店がいくつか並んでいる。千影の伯母が営む店もその一角にあった。

四人掛けのテーブルが二つと、あとはカウンター席のみ。こじんまりした店内には、香ばしいソースの匂いが漂っている。鉄板の上でジュウジュウと焼きそばを焼く音、お客さんの楽しそうな会話の声。それに混じって、伯母のせっかちな声が飛ぶ。

「焼きそば、できたで！」

「はい！」

千影は伯母から皿を受け取り、テーブル席まで運んだ。空になった皿を下げていると、奥のカウンター席の一人が立ち上がるのが見えた。一旦食器を洗い場へ置いてから、急いでレジまで行き会計をする。

「ありがとうございました！」

お客さんを見送り、手早くカウンター席を綺麗に整える。新たに一人お客さんを迎え、お冷を渡しながら注文を取る。たいてい注文したいメニューは決まっている。

入店と同時に「豚玉ちょうだい」や「ねぎすじこん、頼むわ」とオーダーするお客さんも多い。店員が注文を取りに来るまでの時間をもったいないと考えるのだろう。

大阪の人はせっかちなのだ。

ちなみに、豚玉とは豚バラ肉が入ったお好み焼き。一番の人気商品でもある。ねぎすじこんは、ねぎと甘辛く炊いた牛すじ肉とこんにゃくがたっぷり入ったお好み焼きだ。この「すじこん」単体も人気メニューで、主に酒の肴として注文される。

夕刻になって、すじこんのオーダーが増えてきた。千影は小鉢にすじこんを盛りながら、てんてこ舞いというのは今まさにこの状況を言うのだろうと思った。開店と同時に店内はお客さんで満員になって、一息つく暇もない。

……来てよかった。

正直、歓迎されないのではと思っていた。昨日の深夜、千影は東大阪に戻ってきた。伯母は驚いた顔をしながらも「まぁ、入り」と言って千影を迎え入れてくれた。相変わらず、無愛想な声だったけれど。

伯母は、一人で翌日の仕込みをしていた。すじこんを作るには時間がかかる。

火を通した牛すじを細かく切り、一時間弱火でコトコト煮る。砂糖、醤油を加えてさらに二時間ほど煮込む。火加減を見ながら、まめにアクを取る。こんにゃくも一度茹でてから、油で炒める。こちらも砂糖と醤油で甘辛く味付けをする。

「……私がここを出た後も、一人でやってたん？」

千影が訊くと、伯母は大鍋に湯を沸かしながら「ちょっと前までアルバイトの子がおったんや」と答えた。

どうやら、つい先日まで従業員が一人いたらしい。

「注文を取ってもらったり、洗い物してもらったりな」

「なんで最後までおってもらわへんかったん？」

行列ができるほどの客数を一人で捌くのは困難だ。少し咎めるように千影は言った。

「就職先が見つかったんや。そこは人手不足らしくてな、一日でも早う来てくれたら有り難い、言うてもらえて」

「でも……伯母さんが忙しいやんか」

「この店はもう終わるだけなんやから、最後まで付き合う必要はあらへん」

ぴしゃりと返されて、もう何も言えなくなる。

相変わらず頑固だなと思いながら、荷物をその場に置いて、千影はすじこんの仕込みを手伝った。

「ビールの追加たのむわ！」

しゃがれた声が背後から聞こえて、千影は我に返った。

「はい。ありがとうございます」

すっかり、夜が更けている。

この時間帯になると、店内は近所の常連たちでいっぱいだ。「店が閉まるんは惜しい」「この店がなくなったら、どこで飲めばええんや」と、惜しむ声があちこちから聞こえてくる。

伯母は特に相手をすることもなく、黙々と手を動かしている。

常連たちから聞いた情報によると、従業員の就職先を世話したのは伯母だという。

「アルバイトの子だけちゃうで。いろんな道具が次の場所へ行くんや」

赤ら顔の常連が、ご機嫌な顔で教えてくれる。

まだ使える道具類は、道具屋に引き取ってもらう手筈になっているらしい。

『自分が元気なうちに、始末をつけなあかん』

いつかの伯母の声がよみがえった。

常連さんもいて、まだ伯母の体も元気で。なぜ店を閉めるのかと疑問に思っていた。

でも、これが伯母なりの始末の仕方なのだ。店を畳むのにも労力がいる。

いや、本当は体力的にきつかったのかもしれない。

だから、アルバイトを雇って、なんとか営業を続けていたのかも……

『意地張っても迷惑をかけるだけや』

昔から、そうだった。

仕事に誇りと責任感を持っていた。真面目で、頑固で、妥協を許さない。そういう人だった。

「ごちそうさん、うまかったわ」

千鳥足になった客さんが、にこにこしながら店を出ていく。伯母はちらりと視線をあげて「まいど、おおきに」と言った。その顔は、いつもの仏頂面ではなかった。伯母の顔はわずかにほころんでいた。お客さんに「美味しい」と言われたとき、伯母はいつもこういう顔をするのだった。

「……ありがとうな、助かったわ」

最後のお客さんが店を出たあと、伯母が千影に頭を下げた。

「伯母さんこそ長い間、お疲れさまでした」

千影も同じように、頭を下げる。

本当に終わってしまった。

無事に営業を終えられた安堵感と同時に、どうしようもない寂しさがある。千影ですらそう思うのだから、伯母はもっと強く感じているだろう。

「お腹減ったやろ、一枚焼いたるわ」

そう言って、伯母は鉄板の前に立った。

「何にする？　豚玉か、焼きそばか、なんでも好きなん言い」

「……モダン焼きがいいな」

モダン焼きとは、関西風のお好み焼きに、焼きそばを入れて焼いたものだ。

見た目は広島風のお好み焼きに似ているけれど、調理方法が違う。広島風は薄いクレープ状の生地に千切りキャベツと麺をのせ、目玉焼きをプラスする。

一方のモダン焼きは、キャベツをあらかじめ生地に混ぜてお好み焼きを作る。その上に麺をのせて、焼きつけて作る。使う食材が同じで見た目も変わらないけど、まったく別の料理なのだ。

油の馴染んだ鉄板の上で、中華麺を焼く。通常はお湯をかけて麺をほぐすのだけど、伯母は隠し味として出汁を使う。麺に出汁と油がまわったら、ソースを垂らす。ジュッと香ばしい匂いが広がった。

麺は一度お皿に移し、今度は生地を焼く。鉄板の上に丸く生地を流し入れる。このとき、少しだけ生地を残しておく。甘辛く煮たすじこんをたっぷりとトッピングしてから、その上にソースが絡んだ麺をのせる。

残しておいた生地をかけたら、少し時間を置く。生地の周りが黄色くなってきたらコテを使って裏返す。そのまま五分ほど焼いて、再度ひっくり返す。こってりとしたソースをたっぷりとかけて、かつお節、青のりをまぶす。お好みでマヨネーズをかけてもいい。

千影の大好きな、すじこん入りモダン焼きの完成だ。

はみ出したソースが鉄板の上でじゅわじゅわと跳ねている。食欲をそそる香ばしい匂いがたまらない。口の中に入れると、まずはガツンと濃いソース味が来る。続いて酸味のあるマヨネーズ、青のり、かつお節。隠し味の出汁の風味もほんのりと漂う。

ふわふわの生地ともっちりした麺の食感。キャベツからは甘みを感じる。ごろっとした牛すじとこんにゃくは、味はもちろん噛み応えも抜群だ。噛めば噛むほど口の中に美味しさが広がる。

「そういえば、あんたはいつの頃からか、モダン焼きばっかり食べとったな」

夢中で食べていると、伯母がしみじみと言った。

「お好み焼きと焼きそばの両方が食べられて、贅沢な感じがして好きやってん」

伯母は、よく千影にお好み焼きを焼いてくれた。夕食は決まって店の一番端のカウンター席だった。大阪に来たばかりの頃は、一番オーソドックスな豚玉をよく焼いてもらった。

『好きなもんを言い』

初めから、伯母は千影にそう言ってくれていた。千影はそのたびに『豚玉』もしくはシンプルな『焼きそば』と答えた。居候の身で、手間のかかるメニューを注文することは憚（はばか）られた。子どもながらに気を遣っていたのだ。

本当は、モダン焼きが食べたかった。お好み焼きなのに中に焼きそばが入っている。一度に両方が食べられて、贅沢だなと思った。ずっと遠慮していたけど、あるとき隣に座ったお客さんがモダン焼きをオーダーした。

美味しそうに食べる様子を、千影はよほど羨ましそうに見ていたのだろう。

『あんたもいるんか？』

気づいたら、目の前に伯母がいた。仏頂面でじっと見られて、千影は思わず俯いてしまった。ふん、と小さく鼻を鳴らし、伯母は鉄板の前に立った。そうして、しばらくすると千影の前にモダン焼きが置かれた。

モダン焼きを食べるようになったのは、それからだ。

「私、伯母さんの作るモダン焼きが好きやってん」

「……そうかいな」

「焼いてるとこ見るんも好きやった」

いつも仏頂面で、それでもお客さんから「美味しい」と言われると嬉しそうな顔になって。そういう、この人が好きだった。

食べ終えて、ふうっと息を吐く。満腹になった自分のお腹をさすっていたら、ふいに杉野館の皆の顔が浮かんできた。お腹がいっぱいになって満足した顔。美味しいものを食べた後のなんともいえない満たされた表情。

「……私な、自分の作ったもの食べてもらったり、『美味しい』って言ってもらったりするのが好きやねん。幸せそうな顔をしてるん見たら、嬉しいねん」

「うちと同じやな」

コテで鉄板を綺麗にしながら、伯母がぽつりと言う。

「似たんかもしれへんね。だって私、ずっと伯母さんが鉄板の前にいて、お客さんに美味しいもん作るん見て大きくなったんやもん」

鉄板をすべるコテの音が止まった。

まだ途中のはずなのに、伯母はコテを置いて背を向けた。そのまま、何事もなかったように今度は洗い物を始めた。食器がこすれ合う音と水音が店内に響く。

伯母はときどき顔を拭いながら、ずいぶん長い時間そうして千影に背を向けたままでいた。

◆

千影が大阪から飛騨高山に戻ってから、杉野館の献立に少しだけ変化があった。伯母の店のメニューに影響された料理がしばしば登場しているのだ。

・ねぎ塩焼きそば
・とろとろチーズと餅のお好み焼き
・オムそば

・具材たっぷりミックスモダン焼き

社員たちからは好評を得ている。おかげで少し調子に乗っている千影だった。ちなみに今日の夕食も、影響を受けている。

◎今日の夕食

ごはん（白米）
お出汁で食べるタコ入り玉子焼き
アジの南蛮漬け
枝豆と角切りチーズのガーリックブラックペッパー
はまぐりのお吸い物

◎ひとことメモ

ごはんとお吸い物はおかわり自由です

お出汁で食べるタコ入り玉子焼き、というのは「明石焼き」のことだ。皆には馴染みがないと思ったので、ホワイトボードには分かりやすく書いた。

専用の玉子焼き器は伯母から譲ってもらった。ふわふわで黄金色に輝く明石焼きが皿に鎮座している。

「これがお店の裏メニューにあった明石焼きですか」

陽汰が珍しそうにお出汁と玉子焼きを見比べている。

「フォルム的にどうしてもタコ焼きに見えるんだよな……」

貫井も同じように見比べながら、感想を述べる。

「私も初めはそう思ってましたけど、そのうち別物だと思うようになりますよ」

「そういうものか……」

納得したようなしていないような、微妙な顔で貫井は席に着いた。

「お昼に食べた、ごはんと焼きそばが合体したやつも美味しかったですよ！」

にこにこしながら、空になった弁当箱を千影に渡してくれる。「ごはんと焼きそばが合体したやつ」というのは、そばめしという料理だ。

ソース焼きそばを細かく刻み、白米と一緒に炒める。兵庫県神戸（こうべ）市発祥のB級グルメだ。伯母の店では明石焼きと同じく、裏メニューとして存在していた。

ふいに、鉄板の上でソースが焼ける音と香ばしい匂いを思い出した。伯母の声、モダン焼きの味、東大阪の雑多な町並み。懐かしさで胸がぎゅっとなる。

これが郷愁というものなのだろう。大阪から戻って以来、こういう気持ちになることが増えた。懐かしくて、居ても立ってても居られなくなって、千影は伯母の店で出されていたメニューを杉野館で再現している。自分にも故郷があったことを、千影は大阪へ行ってようやく気づいた。

本当に、大阪へ行ってよかった。

背中を押してくれた陽汰には感謝だ。彼が言ってくれなかったら、千影は伯母のところに行くことはなかった。

次の休日、一緒に朝市へ繰り出した際に改めて陽汰に礼を言った。

「陽汰さんのおかげです」

そう言うと、彼は嬉しそうに破顔した。

「全然、背中を押したとか大層なことをした自覚はないんですけど。少しは千影さんに返せたなら、俺も嬉しいです」

「返す……？」

どういう意味だろう。首をかしげていると、陽汰が歩みを止めた。

「俺が仕事で落ち込んでいたとき、励ましてくれたじゃないですか」

彼の同僚が一斉に退職したことがあった。千影が味噌煮込みうどんをこしらえた。そのときのことを言っているのだ。

「むしろ、返してもらいすぎなのではと思います。今日だって、買い物に付き合わせてしまっていますし……」

　荷物を持ってくれるのはとてもありがたい。けれど、せっかくの休日を潰してしまっていることには申し訳なさを感じる。

「荷物持ちは、俺の中では最初から好きでやっていることですから」

「あ、ありがとうございます……？」

　荷物持ちを好んでやっている……？　そんなことがあるだろうか。怪訝な顔をしていると、陽汰が微笑みながらゆっくりと歩き始めた。

「千影さんは俺という頑丈な荷物持ちがいて、俺は休日にも千影さんに会えて。お互いの利害が一致しているので、俺はずっとこのままがいいです」

　それは利害が一致していると言えるのだろうか。千影に会えてそれが彼にとって何のメリットになるのだろう。

「味噌煮込みうどんを作ってくれたとき……」

　陽汰がぽつりと言う。

「はい」

「確信というか、認めようって思ったんですけど。その前から実は惹かれていたんですよね」

　微笑みながら見下ろされて、ドキンと心臓が反応する。

「黙々と仕事をしているところとか、料理道具を大切に扱っているところとか。初めは、なんかいいなって思ってて。俺はすぐに『疲れた！』とか言っちゃうタイプですけど、千影さんはどれだけ骨惜しみせずに働いても、周囲にアピールしないですよね」

「はい……」

アピールしないというか、ただ単に言葉を発するのが苦手なだけで。

「そういう千影さんのいいところ、皆に伝わって欲しいと思ってました。でも、少しずつ誰にも見つかるなって考えるようになって……独占欲ですね」

独占欲、という言葉に、千影の足が止まる。

……なんだか、ものすごいことを言われた気がする。

長身のすらりとした背中を、千影はちらりと見た。

そういった方面には疎くても、さすがに分かる……いや、でも、本当にそうだろうか。聞き間違いかもしれない。聞き間違いではなかったとしても、何か違う意味かもしれない。

明るく社交的な陽汰が、自分のような卑屈で暗い人間を好ましく思うはずがない。

なんて自意識過剰なことを考えてしまったのか。

頭の中でぐるぐると後悔と反省を繰り返していると、陽汰がくるりと振り返った。

「……そんな、困った顔しないでください」

自分がどんな顔をしているのかよく分からない。彼のほうこそ、弱り切った顔をしている。視線を彷徨わせている千影を見て、陽汰がふっと息を吐いた。

「すみません。同じ職場の人間に好意を持たれるのって、困りますよね」

「い、いえ。あの……」

「言うつもりはなかったんですけど……もう二度と言いませんし、なかったことにしてもらって大丈夫です。千影さんが働きにくいと思うなら、なるべく話しかけることもしませんから」

はっきり「好意」というワードを聞いても、信じられなかった。

他人から告白されるなんて初めての状況で、どうしたらいいか分からない。想像もしていなかった。おまけに相手は、常にきらきらしている陽汰なのだ。

「よ、陽汰さんは、とても明るくていい方なので……」

妙に酸素が薄い。心臓がばくばくして、上手に呼吸ができない。

「わ、私は地味で暗くて。正反対ですし、釣り合いが……」

自分が何を言っているのか、何を言おうとしているのか。酸素が不足して鈍った思考では、考えがうまくまとまらない。

「気を遣わせて申し訳ないです。傷つけないように断るのって、難しいですよね」

悲しそうに微笑む陽汰を見て、心臓が痛いくらいにぎゅっとなる。

「えっと、私……断ってるんですか……？」

「ん……？　あ、いや、完全に断る方向に話を持っていく感じだなと思いました……」

「そ、そうなんですか？　すみません、あまりに突然のことだったので。考えがまとまらなくって……」

驚いたように陽汰が千影を見る。

「ずっと匂わせてたつもりだったんですけど」

「……ぜんぜん分からなかったです」

今度は千影が驚愕する。まったく気づいていなかった。

「あの、もし……不快に思われていないのなら……」

「陽汰さんを不快に思うなんて、あり得ません」

それだけは断言できる。

「だったら、考えてもらえませんか？　返事はいつでも大丈夫なので」

「いつでも……」

「……さすがに、春までにはもらえたら嬉しいです」

茶化すように、陽汰が肩をすくめる。

それだけで、ひりひりしていた空気が少しだけ柔らかくなった感じがする。安心して、ふっと体の力が抜けた。緊張して体が強張っていたことに今さら気づいた。

今は二月の終わり。春までには時間がある。焦らず、ゆっくり考えよう。綺麗な陽汰の横顔を盗み見ながら、杉野館までの道のりを歩いた。

◆

三月に入ってすぐの週明け、千影はいつものように配膳台で夕食を提供していた。帰宅してきた陽汰が、ネクタイを緩めながら食堂に入ってくるのが見えた。どうやら、貫井と一緒に帰ってきたらしい。にやにやしながら貫井が肘で陽汰を突いている。

「モテる奴は出費がかさんで大変だな」

「……全部、義理ですよ。なので、お返しもそこそこの値段で済みますから。財布的にはまったく問題ないです」

「いやいや、絶対に本命チョコあっただろ。どれだけ鈍感なんだよお前は」

どうやら、ホワイトデーに関する話題のようだ。そういえば、そろそろ時期だなと思いながら千影はカレンダーを見た。

「はぁー……こんなにバカで鈍感なのに好かれまくるのは、やっぱりこの顔面のせいだな。チッ！　俺には憎たらしく見えて仕方がないんだがな」

貫井は陽汰の顔を眺めながら、盛大にため息を吐いたり舌打ちをしたりと忙しい。

陽汰は、そんな貫井を前にして苦笑いするばかりだった。

約一ヶ月前のバレンタインデーの頃、千影は大阪に行っていた。伯母の店を手伝って、それどころではなかった。

……陽汰は、いくつチョコレートをもらったのだろう。

可愛くラッピングされた箱を女性たちから手渡される陽汰を想像した。自分でも驚くほどムッとしてしまった。

これは、嫉妬というやつだろうか。

陽汰に告白された後に気づいたことがある。以前から千影は、彼のことを妙にきらきらしている人だなと感心していた。

きらきらの源は、いつも前向きで元気な部分だと思っていたのだ。溌剌とした陽汰から醸し出される空気が輝いているのだと信じて疑わなかったのだけど、果たして本当にそうだったのだろうか。

杉野館には、陽汰の他にも常に元気でポジティブな社員はいる。けれど、残念ながら千影にはきらきらの空気は見えない。端的に表現すれば陽汰は爽やかなイケメンだ。顔面の美しさが、きらきらを発しているのかもしれない。

千影は仕事を終えて帰宅すると、すぐにパソコンの電源を入れた。

ビデオ通話ができるアプリを立ち上げる。画面には、こちらに向かって手を振る美形男性が映っている。京都へ移住した結野だ。

彼が退職した後も定期的に連絡を取っている。元同僚で、今は友人……いや、料理教室の先生と生徒と表現したほうが正しいかもしれない。

休日にオンラインで繋いで献立を見せ合ったり、料理をしたりしている。作業に夢中になるあまり、無言になっていることもよくある。

「離れていてもアドバイスをもらえるから助かるよ。味見してもらえないのが難点だけど」

いつだったか、結野がパソコンの向こうで大根の面取りをしながら言ったことを思い出す。

千影は、画面に映っている結野の顔をじっと見た。陽汰とタイプは違うけれど、負けず劣らずの美形だ。いや、正直に言うと造作だけなら結野のほうが美しい気がする。

でも、きらきらしていない。

「千影ちゃん、聞いてる？　お花見のことなんだけど」

画面の向こうから結野に呼ばれて、千影は我に返った。

「え？　あ、はい。聞いてます」

四月になったら、皆で宮川沿いの桜を見ようという話が持ち上がっているのだ。なんとか都合をつけて、結野は京都から来る予定になっている。

「忙しいのは有り難いんだけど。仕事が立て込みすぎてて、そっちに行けるか微妙なんだよ」

画面の向こうで結野が肩を落としている。

「花見もオンラインでいいんじゃないか?」

結野の向こうから、弓削の声がした。結野のパートナーであり編集者でもある。結野いわく、仕事をしているときは鬼編集者なのだという。

「それだけを楽しみに息抜きもしないで仕事してるんですよ! なんとしても俺は飛騨高山に行きたいんです!!」

画面の向こうの雲行きが怪しい。喧嘩が勃発しそうな空気を察して、千影はアプリを終了しようと試みる……その前に。

「あの、結野さんに一つ聞きたいことがあったんです」

「なに?」

自分の背後にいる弓削を軽く睨みながら、結野は返事をする。

「結野さんから見て、弓削さんってきらきらしてますか」

驚いたように、結野が目をパチパチさせている。千影が真面目なトーンで訊いたので、彼もきちんと答えてくれた。

「好きだったり気になる人だったり、とにかく意中の人はきらきらして見えるものじゃないかな……鬼編集者のときの弓削さんは憎たらしいけど」

やはり、そうなのか。胸のあたりにあったもやもやが綺麗になくなった。すとんと腑に落ちた気分だった。

画面の中では、結野の背後で弓削が満面の笑みになっている。

そのままバックハグしそうな勢いの弓削に少々うんざりしながら、千影は結野に「では、失礼します」と言って小さく手を振った。そうして、通信を遮断したのだった。

自分は、陽汰が好きなのかもしれない。

そのことに気づいてからも、千影は慎重だった。彼のどこが好きなのか、一つ一つ根拠を積み重ねていった。

いつも前向きだから、仕事に一生懸命だから、明るく元気だから、仲間思いだから、気さくで周囲の人間を和ませてくれるから、よく笑うから、優しいから、そして何より千影が作ったものを本当に美味しそうに食べてくれるから……

考えれば考えるほど、鼓動がトクトクと速くなる。

『返事はいつでも大丈夫なので』

優しい声が耳の奥でよみがえる。

上手に伝えられるだろうか。自分の気持ちを表すのは苦手だ。でも、ちゃんと目を見て言いたい。緊張する。いつ言えばいいのだろう。杉野館にいる間は、仕事中だからダメだ。

次の休日なら……

今週末も、陽太は荷物持ちをしてくれる予定になっている。そのときに伝えよう。

決意したものの、週末が近づいてくると不安になってきた。

当日ともなると、気持ちを伝える勇気がすっかりしぼんでしまっていた。

もしかしたら、陽太の気持ちが変わっているのではないか。もう千影のことなどなんとも思っていないかもしれない。

……でも、休日の買い出しに付き合ってくれているし。不安と期待で息苦しい。緊張しながら陽太と宮川沿いを歩く。

大勢の観光客をかき分けるようにして、なんとか馴染みの店にたどり着いた。

「相変わらず若夫婦さんやねぇ」

店主の冗談を、以前のように受け流すことができない。

「い、いえ。あ、あの……」

挙動不審な態度を見せる千影の代わりに、陽太が店主とやりとりして購入してくれた。

蕗(ふき)の薹(とう)、筍、青梗菜(ちんげんさい)、セリ、アスパラガス。早春が旬の野菜たちが番重いっぱいに並べられている。今日は筍と青梗菜を目当てに来た。

　貫井から「担々麺が食べたい」とリクエストがあったのだ。担々麺に青梗菜は欠かせない。筍は細かく刻んで、肉味噌のかさ増しに利用しようと思っている。

あとは、筍の土佐煮。多めにこしらえて、天ぷらにリメイクする算段もある。濃い下味が沁み込んだ筍の天ぷらは絶品なのだ。

「千影ちゃんは、二十六歳になったとは思えないくらい子どもみたいだねぇ」

　本当に小さな子どもに言うみたいに笑って、店主はおまけの野菜を千影に持たせてくれる。小柄で童顔だから、彼女には幼く見えるのだろう。なんとなく去年の今頃も、同じようなやり取りをした記憶がある。

　つい先日、千影は誕生日を迎えた。二月が千影の誕生月だ。大阪に行ってバタバタしているうちにすっかり自分の誕生日を忘れていた。

　陽太のおかげで、予定通りの買い物ができてほっとする。

「朝市に来るたびに思うんですけど、みだらしだんごっていい匂いですよね。食欲をダイレクトに刺激してくる感じで」

　にこにこと笑う陽太を見上げる。

「そ、そうですね……」

　正直なところ、千影は今、みだらしだんごどころではない。心臓が激しく脈を打ちすぎて、食欲は完全にゼロだった。ひとを好きになると食欲がなくなるらしい。あんなに食いしん坊だったのに驚きだ。

食材が入ったエコバッグを抱えて、宮川沿いを歩く。ふいに上を見ると、桜のつぼみを発見した。

「あ、桜……」

千影の視線の先にある小さなつぼみが、陽汰にも分かったのだろう。

「ほんとだ。ありますね」

「そういえば、結野さんなんですけど。お花見、来れるか微妙らしいです」

締め切りに追われる日々らしい。最近は、オンラインで繋ぐ時間も短くなった。

「……結野さんと、仲いいですね」

「先生と生徒みたいな関係です」

「えっと、どっちが先生……？　というか、何を教えてるんですか？」

「料理ですよ」

それ以外に何があるというのだ。千影が即答すると、幾分ほっとした表情になった。

「でも、仲がいいのは間違いないですよね」

神妙な顔で陽汰が見下ろしてくる。

もしかして。これは、まさか、嫉妬というやつだろうか。心臓がまたしても尋常ではないスピードでどくどくと主張を始めた。

今しかない!!

「そっ、そういう風に思う必要ないですから」

嫉妬する必要はない。誤解だ、ということを伝えたかったのだけど、初めの「そ」で思いっきり噛んでしまった。

「……すみません、嫉妬する資格もないのに変なことを言って」

背中を向けて歩き出す陽太に、慌てて「違います！」と叫んだ。

「結野さんは友人です！　でも、先生と生徒というほうがしっくりくるなと私が勝手に思っているだけで。し、しっと、とか、そういうのは必要なくて。あの、でも、陽太さんが嫉妬してくれるのは嬉しいです……」

全然きちんと言えなかった気がする。一気にまくしたてたせいで、千影の呼吸はぜぇぜぇと荒い。

「それって……返事ですか？」

信じられないような表情で、陽太が千影を見る。

千影は力いっぱい頷いた。何度も、何度も。呼吸が苦しくて、もう何もしゃべれない。

陽太が近づいてくる。そして、思いっきり抱きすくめられた。近くで見るよりもずっと、陽汰の体は大きいのだと知った。ぎゅうぎゅうと腕に力を込められる。

自分も抱き返したいけれど、エコバッグで両腕がふさがっているからできない。それなのに、陽汰はエコバッグを抱えたまま千影の体にも腕を回している。自分とは何もかもが違うのだなと、たくましい腕の中で思った。

◆

年度末から新年度にかけては忙しい日々だ。

移動に伴い退寮したり、新たに入寮したり。退職する社員も何人かいる。まだまだ落ち着かない雰囲気が漂う四月の半ば、宮川沿いの桜は見頃となった。

「なんとか間に合ったよ～～！」

涙目になりながら、無事に結野が京都から飛騨高山にやってきた。徹夜で原稿をやって、そのまま新幹線に飛び乗ったらしい。

「結野さん、何かやつれてませんか……？」

げっそり、とまではいかないものの、明らかにやつれている。

ひらひらと桜が舞い、明るく浮足立った人が大勢いる中で、目の下にクマのある結野は若干浮いている。

「ほんとうにね、仕事をもらえるのは有り難いんだけど。編集者が鬼なんだよ。鬼編集者！」

弓削が入社した京都の出版社とも仕事をしているらしい。

「俺たち、そろそろ京都観光したいんだけどな。いつになったら案内してくれるんだ？」

貫井が日本酒をあおりながら、結野に訊く。

「そんな暇ないですよ……仕事ばっかりなんですから……」

お猪口を受け取り、結野もちびちびと日本酒を呑み始める。

「ん……なんか、お重に入ってるの全部、葉っぱに見えるんだけど……もしかして俺、仕事のしすぎで目がおかしくなった？」

両目をこすりながら結野が再度、お重を確認している。

「大丈夫ですよ。葉っぱに見えるなら、結野さんの目は問題ありません」

陽汰が笑いながら、お重から結野の分を取っている。

「朴葉(ほおば)でちらし寿司を包んでるんです。ミョウガを多めに入れた酢飯なので、さっぱり食べられますよ」

千影が言うと、結野はますます涙目になった。

「千影ちゃんの作ったもの食べるの久しぶりだよ……！」

朴の木の葉を解くと、山菜がたっぷりのちらし寿司が出てきた。他にも紅しょうが、サバ、錦糸卵と、彩り豊かな具材がのっている。

「美味しーーー!!　疲れた体にしみるーーー!!」

リスみたいに、両方の頬がいっぱいになるまで詰め込んでいる。

「なんか、陽汰みたいにテンションが高いな……」

貫井が横目で結野を見る。

「そりゃ、テンション高くもなりますよ!　美味しいし!　あと、たぶん徹夜明けなのでハイになってます」

もぐもぐしながら、お重に入った朴葉寿司に手を伸ばしている。明らかに痩せているので、たくさん食べて欲しい。

ちなみに朴葉寿司は、飛騨地方の郷土料理だ。

昔から山仕事や農繁期によく食べられていたらしい。朴の葉は香りがよく、殺菌作用もある。酢飯の酢との相乗効果もあって、田植えの時期には特に重宝されたという。

「お酒がそろそろなくなりそうですね」

貫井に注ぎながら、残り少なくなった瓶を陽汰が数える。

「追加のお酒、買ってきましょうか」

千影が立ち上がると、陽汰が「俺も行きます」と言った。結野がほんのりと赤くなった顔で、妙ににやにやしながら千影と陽汰を交互に見る。

バレてるなぁ……。

恥ずかしさを隠しながら、陽汰と一緒に酒蔵が並ぶエリアを目指す。

「綺麗に咲いてますね」

陽汰が桜を見ながら目を細める。

「そうですね」

千影は頷いてから、桜を見上げた。

強い風が吹くと、ざっと花びらが舞う。散った花びらは川面に着地している。宮川はすっかり、薄桃色に染まっていた。

「花筏(はないかだ)って言うらしいですよ」

陽汰が宮川を眺めながら言う。

「はないかだ……？」

「散った桜の花びらが、水面に浮かんでるでしょう？　その様子をいかだに見立てた言葉らしいです」

「そうなんですか」

なんとも、綺麗な表現だ。うっとりしながら、千影は花筏を眺めた。

「皆が揃うと、楽しいですね」

「……もう、結野さんに嫉妬はしないんですね」

「それはもう、ぜんぜん大丈夫です」

陽汰が自信満々に首を振る。

「結野さんはもちろん、貫井さんとか、寮に住んでる他の社員と千影さんがしゃべっていても平気ですよ。なんか、称えたい気持ちになります」

「どういうことですか？」

称える、の意味が分からない。

「成長したな～～！　って思いながら見てます。杉野館に来たばかりの頃は、怯えた小動物みたいでしたもん」

そんな風に見えていたのか。

「言葉がたどたどしいというか、よく噛んでましたよね？」

悪意ゼロといった感じの陽汰の笑顔を見て、思わず頭を抱えたくなった。

バレていたようだ。ものすごく恥ずかしい。

「でも、今は積極的にコミュニケーションを取ってるし、会話もスムーズだし。成長しましたね」

「ちょっと、何目線ですか……！」

ぷんすかしながら、千影は陽汰を見上げた。

「彼氏目線ですよ」

余裕たっぷりに返されて、それ以上の言葉が出てこない。

「あ、千影さん、ベンチがありますよ。ちょっと座りましょう」

陽汰が、ちょっと先にあるベンチを指さす。

「……はい」

なんだろう、と思いながらも、千影は陽汰に従った。

ベンチに腰掛けると、隣に彼が座る。

陽汰は斜め掛けのボディバッグから、そっと白い箱を取り出した。両手で持てるくらいのサイズの箱だった。

「揺らさないように気を付けてたので、形は崩れてないと思うんですけど」

そう言って箱を開ける。中には小さなホールケーキが入っていた。

「ドライアイスを多めに入れてもらったので、大丈夫ですよ」

「どうして、ケーキなんですか……？」

「千影さん、誕生日を教えてくれなかったでしょう。終わってから知ったんですよ、俺」

「……ちょうど伯母の店のことでバタバタして、自分でも忘れていたんです」

「何が欲しいのかもよく分からないし、どうしようかなって考えている間に四月になっちゃいましたけど……とりあえず、今回はケーキだけで許してください。次はちゃんとお祝いしましょう」

プラスチック製のフォークを渡され、「どうぞ」と差し出される。

「……なんだか、胸がいっぱいで食べられないです」

嬉しい。すごく嬉しい。感情が高ぶると、やはり食欲がどこかに行ってしまう。

「だったら一緒に食べましょうか」

イチゴがのった生クリームのケーキ。シンプルだけれど、すっきりと美しいケーキ。そのホールケーキに、陽汰がフォークを入れた。

「甘くて美味しいですよ」

いざなうような陽汰の声に導かれて、千影は白い生クリームとスポンジ生地をすくった。口に入れると、まるでスポンジが解けるように溶けていった。生クリームは軽いのに、とても濃く甘い。

やわらかくて、ふわふわして、甘い。

誕生日に、特別な思い出があるわけではなかった。どちらかといえば思い出したくない日だった。親戚の家を転々としていた頃のこと。『本当の子』よりも小さかった誕生日ケーキ。

思い出したくないのに、大人になってからもずっと自分の中にあった記憶。一生消えないと思っていた。それなのに、不思議だ。あのときのケーキがどんなものだったか、もう思い出せない。

たぶん、これから『誕生日のケーキ』で思い出すのは、今日食べたこの美しいケーキなのだろう。

甘い幸せの中で、千影はそう思った。

あやかし旅籠

ちょっぴり不思議なお宿の広報担当になりました

ayakashi hatago

Mizushima shima

水縞しま

薬膳料理、薪風呂、イケメン主人……

魅力いっぱいのあやかし旅籠はこちらです！

動画配信で生計を立てている小夏。ある日彼女は、イケメンあやかし主人・糸が営む、あやかし専門の旅籠に迷い込む。糸によると、旅籠の経営状況は厳しく、廃業寸前とのことだった。山菜を使った薬膳料理、薪風呂、癒し系イケメン主人……たくさん魅力があるのだから、絶対に人気になる。そう確信した小夏は、あやかし達に向けた動画を作り、旅籠を盛り上げることを決意。工夫を凝らした動画で宿はどんどん繁盛していき、やがて二人の関係にも変化が——

◉定価：726円（10%税込）　◉ISBN:978-4-434-33468-9　◉Illustration：條

Nekosawa Hutayo
ねこ沢ふたよ
拾ったのが本当に猫かは疑わしい
1~2
道端で拾ったのは、
喋る猫モドキでした。
晩酌大好き
へりくつ
オヤジっぽい
でも……
たまに頼りになる?
アルファポリス
第6回ライト文芸大賞
大賞
受賞作
七年付き合った彼氏に振られた帰り道、黒い塊を拾った薫。シャワーを浴びせ綺麗にしてみると、その黒い塊は人語を喋る猫であった。薫は、自分のことを猫だと言い張るヘンテコ生物をモドキと名付け、一人と一匹の奇妙な共同生活がスタートする。さらにある日、モドキがきっかけで、猫好きな獣医学生の隣人、柏木と交流が始まり——やたらオヤジ臭い猫(?)に助言をもらいつつ、どん底OLが恋愛に仕事に立ち向かう。ちょっぴり笑えて心温まる、もふゆるストーリー。
◉各定価:770円(10%税込)
拾ったのが本当に猫かは疑わしい 2
山あり谷ありの人生も、猫モドキと一緒なら
ほっこり幸せ……かも?
1巻重版&コミカライズ決定!
1巻重版記念、オリジナルTシャツ&図書カードをプレゼント!
◉Illustration:Meij

迦国あやかし後宮譚

1~5

著 シアノ

皇帝が選んだのはあやかし憑きの少女!?

アルファポリス
第13回
恋愛小説大賞
編集部賞
受賞作

妾腹の生まれのため義母から疎まれ、厳しい生活を強いられている莉珠（りじゅ）。なんとかこの状況から抜け出したいと考えた彼女は、後宮の宮女になるべく家を出ることに。ところがなんと宮女を飛び越して、皇帝の妃に選ばれてしまった！　そのうえ後宮には妖（あやかし）たちが驚くほどたくさんいて……

◉1〜3巻定価：726円（10%税込み）
4〜5巻定価：770円（10%税込み）

◉Illustration：ボーダー

女ふたり、となり暮らし。

辺野夏子
Natsuko Heno

悩みなんて、
きみとまるっと
食べ尽くそう。

訳ありJKと
やさぐれOL、
壁一枚はさんだ
二人の
気ままな食卓。

なんとなく味気ない一人暮らしを続けてきたＯＬの京子。ある夜、腹ペコでやさぐれながら帰宅すると、隣に住む女子高生の百合に呼び止められる。「あの、角煮が余っているんですけど」むしゃくしゃした勢いで一人では食べきれない材料を買ってしまったらしい。でも彼女は別に料理が好きなわけではないという。何か訳あり?　そう思いつつも角煮の誘惑には勝てず、夕飯を共にして——。クールな社会人女子と、実は激情家なJKのマリアージュが作り出す、愉快で美味な日常を召し上がれ。

イラスト：シライシユウコ

定価：770円（10％税込）　ISBN：978-4-434-35143-3

本当の家族じゃなくても、一緒にいたい——

高校二年生の由依は、幼い頃に両親が離婚し、父親と一緒に暮らしている。だけど家庭を顧みない父親はいつも自分勝手で、ある日突然再婚すると言い出した。そのお相手は、三十二歳のキャリアウーマン・琴子。うまくやっていけるか心配した由依だったけれど、琴子は良い人で、程よい距離感で過ごせそう——と思っていたら、なんと再婚三か月で父親が失踪！　そうして由依と琴子、血の繋がらない二人の生活が始まって……。大人の事情に振り回されながらも、たくましく生きる由依。彼女が選ぶ新しい家族のかたちとは——？

定価：726円（10%税込）　ISBN978-4-434-33746-8

イラスト：細居美恵子

水川サキ
Saki Mizukawa

鎌倉 古民家カフェ「かおりぎ」

KAMA KURA
KAORIGI

アルファポリス
第6回
ライト文芸大賞
「料理・グルメ賞」
受賞作!

古都鎌倉で
優しい恋
に会いました。

恋も仕事も上手くいかない夏芽は、ひょんなことから鎌倉にある古民家カフェ【かおりぎ】を訪れる。そこで彼女が出会ったのは、薬膳について学んでいるという店員、稔だった。彼の優しさとカフェの穏やかな雰囲気に救われた夏芽は、人手が足りないという【かおりぎ】で働くことに。温かな日々の中、二人は互いに惹かれ合っていき……古都鎌倉で薬膳料理とイケメンに癒される、じれじれ恋愛ストーリー!

◉定価:726円(10%税込)　◉ISBN:978-4-434-33085-8　◉Illustration:pon-marsh

こちら、地味系人事部です。
~眼鏡男子と恋する乙女~
秦朱音
Akane Hata
うちの給与は末締めです!
会社員が行き交う街、品川。『株式会社フロムワンキャリア』の社員・三郷茉美は、営業部員として月末月初の慌ただしい日々を送っていた。入社三年目を迎え、今後のキャリアに向かって動き出す同期達を横目にルーティンをこなす毎日。将来に悩みつつも何もできないでいた彼女は、人事部に所属する先輩社員・藤堂厚に出会う。地味な容貌ではあるものの、ハッキリとした物言いと真っ直ぐな働き方の藤堂に惹かれた茉美。久々の恋に浮かれつつ、改めて頑張ろうと決意するが……ある日、突然の辞令で藤堂が所属する人事部労務課に異動することになり――? 部署が変われば働き方も変わる!? 新米人事部員のお仕事奮闘記!
◉定価:726円(10%税込み)
◉ISBN:978-4-434-33090-2
◉Illustration:Minoru
貴殿に「人事部労務課」への異動を命ずる――
部署が変われば、働き方も変わる悩める乙女のお仕事小説

この作品に対する皆様のご意見・ご感想をお待ちしております。

おハガキ・お手紙は以下の宛先にお送りください。

【宛先】

〒150-6019 東京都渋谷区恵比寿4-20-3 恵比寿ｶﾞｰﾃﾞﾝﾌﾟﾚｲｽﾀﾜｰ 19F
（株）アルファポリス　書籍感想係

メールフォームでのご意見・ご感想は右のＱＲコードから、
あるいは以下のワードで検索をかけてください。

ご感想はこちらから

アルファポリス文庫

独身寮（どくしんりょう）のふるさとごはん
まかないさんの美味（おい）しい献立（こんだて）

水縞しま（みずしま しま）

2025年 2月28日初版発行

編　集－藤長ゆきの・宮坂剛
編集長－太田鉄平
発行者－梶本雄介
発行所－株式会社アルファポリス
〒150-6019 東京都渋谷区恵比寿4-20-3 恵比寿ｶﾞｰﾃﾞﾝﾌﾟﾚｲｽﾀﾜｰ19F
TEL 03-6277-1601（営業） 03-6277-1602（編集）
URL https://www.alphapolis.co.jp/
発売元－株式会社星雲社（共同出版社・流通責任出版社）
〒112-0005 東京都文京区水道1-3-30
TEL 03-3868-3275
装丁イラスト－彩田花道
装丁デザイン－木下佑紀乃＋ベイブリッジ・スタジオ
印刷－中央精版印刷株式会社

価格はカバーに表示されてあります。

落丁乱丁の場合はアルファポリスまでご連絡ください。

送料は小社負担でお取り替えします。


ISBN978-4-434-35140-2 C0193